わたしの中の他人

アネット・ブロードリック
島野めぐみ 訳

ハーレクイン
SP文庫

MYSTERY WIFE

by Annette Broadrick

Published by Harlequin Japan,
a Division of K.K. HarperCollins Japan, 2024

アネット・ブロードリック

アメリカの大人気実力派作家。18 歳で結婚後、4 人の子を育てた。秘書として 25 年間働いたのち、末っ子の高校卒業を機に作家を志す。1984 年のデビュー以来、想像力に富む斬新な作風で読者を魅了し続け、数多くの賞を受賞した。テキサス州在住。

◆主要登場人物

シェリー・デュボア……………ワイナリー経営者の妻。
ラウール・ルネ・デュボア……シェリーの夫。ワイナリー経営者。
イベット・デュボア……………ラウールとシェリーの娘。五歳。
ジュール・デュボア……………ラウールとシェリーの息子。一歳二カ月。
ダニエル・デュボア……………ラウールの妹。
フェリシティ・デュボア………ラウールの母。

1

彼女は懸命に浮かびあがろうとしていた。悪魔たちが潜む闇《やみ》の中から必死に逃れようとしていた。悪魔は彼女を捕まえて引きもどそうと、ひどく殴りつける。頭が割れそう。彼女はうめきながら力をふりしぼった。恐怖が力を与えてくれた。

彼女はやっとの思いで目を開けた。まぶしさに思わず目を細める。薄いカーテンのかかった細く高い窓から日の光が差しこみ、さざめく葉や、手の指のように開いた枝の影を、磨きぬかれた床の上に投げかけている。

頭の痛みがあまりにひどくて、まわりの様子が目に入らなくなりそうだった。寝返りをうとうとしても、からだが言うことを聞かない。

ここはどこ？

彼女は重たい目でもう一度部屋を見まわし、なにか手がかりを与えてくれそうなものを探した。

見覚えのあるものはなかった。なにひとつ。

壁は柔らかなピンク色に塗られ、その一方には繊細に描かれた水彩画がかかっている。みごとな細工を施したテーブルをはさんで、赤紫色の大きな革張りの椅子が置かれている。テーブルの上には上品なランプ。

彼女はそっと頭の向きを変えたが、それでもやはり痛みが走った。顔をゆがめ、目を閉じて少し休む。こんな痛い思いをしてまで好奇心を満たす必要があるのだろうか。

ようやくまた目を開け、今度は違う方向に目をやる。彼女が横たわっているベッドは、まわりの高価そうな調度品とはまるで似合わないように見えた。このベッドはどう見ても実用優先のデザインだ。そのとき初めて視線がドアに向いた。重たそうな木のドアには、真ん中に小さなガラス窓がついている。

やっとわかった。見覚えがある、と言ってもいい。わたしは病院にいるんだわ。

彼女はそうとわかるとほっとして目を閉じ、明るい太陽の光の中から暗闇へ戻っていった。けれどもがんがん鳴るような頭の痛みは、ますますひどくなってくるようだった。

なにかほかのことを考えて、消えそうにない痛みから気をそらそう。病院。わたしがいるのは病院。

自分のからだのあちこちを確かめてみる。足は重いけれど痛みはない。息も苦しくない。両手はちゃんとからだの両側にある……右手になにか重みがかかっている。そっと手のほうを見ると、ここが病院だという明らかな証拠があった。点滴の瓶から管が伸び、腕の内側にとめられたガーゼの中へと消えている。スクリーンのついた黒い機械が、右肩の先で単調な音とともにメッセージを送りだしている。

左手で顔にさわってみると、額のあたりに分厚い包帯が巻かれていた。頭にけがをしたに違いない、だからこんなにずきずきするのだろう。

なにがあったのかしら？　わたしはどこにいるの？　目覚めてから初めて人の声に気がついた。答えが得られるのではないかと、彼女は懸命に耳をすました。女性の声らしい。生粋のフランス語だった。なにを話しているのか聞きとろうとしたが、頭が痛くて集中できない。片言はわかるけれど、話の内容までは判断できない。まるでフランス人のような、早口で自然なしゃべり方。

たいしたものだと感心しながら彼女はほほ笑んだ。どこでこんなにうまくしゃべれるようになったのかしら。テキサス訛《なまり》をすっかり消すなんて、先生がいいのね。わたしには生徒をそこまでにすることはできないわ。

とにかく、いくつか答えは見つかった。わたしは病院にいて、そばにはフランス語を話す女性たちがいる。どうして病院に入るようなことになったのかさえ思いだせれば、もっと気分が落ちつくのに。

彼女は思いおこそうとした。記憶を引きだそうとすると、また頭が激しく鳴りはじめる。ずきずきするたびに壁や天井が揺れるようだった。

突きあげてくる痛みを押しかえす力もなく、彼女は不安が薄れていくまま、意識が遠のいていくままにまかせ、一面なにもない世界の中にすべりおちていった……。

次に目を開けたとき、彼女は穏やかな気分を感じた。なぜかはわからないけれど、この広々とした部屋に寝ていると守られているような、安心できるような気がする。さっき目が覚めたときと同様答えは見つからなかったが、それでも、誰にも危害を加えられることはないとはっきりわかる。どうして安全だなんてわかるのだろう。なんとなく潜在意識が教えてくれているのだろうか。

彼女は静かに横たわったまま窓の外の木々を眺めた。春だ。新芽が柔らかく萌《も》えだしている。春。希望と新たな始まりの季節。きっと思いだすわ。春は生まれ変わる魔法を与えてくれる……。彼女は、安らぎに満ちた眠りに落ちていった。

それから何時間もたってから、かすかな物音でまた目を覚ました。目を開けると今度は人がいた。看護師がベッドのわきに立って点滴の瓶の位置を調節している。その若い看護師の目がこちらに向いた。目が合うと、看護師はびっくりして目を見開いた。

「まあ、マダム・デュボア！」彼女はフランス語で言った。「お目覚めになったんですね！　ああよかった、ご主人に知らせなくちゃ！」

看護師が急いで部屋を出ていくと、彼女はまたひとりきりになった。

心の中に驚きが広がっていった。彼女は横たわったまま、今聞いた言葉を頭の中でくりかえした。

マダム・デュボア？　ご主人？

試すように何度もその言葉をくりかえしてみた。しかしなんの役にも立たない。その名前も、夫という人も、彼女にはわからなかった。

誰かと間違えているんだわ。わたしにはもう夫はいないんだもの。

看護師が戻ってきたらなにかの間違いだと言わなければ。わたしはマダム・デュボアという人すら知らない。でももちろん、気を悪くさせるような言い方をしてはだめ。彼女はいつも人の間違いを優しく我慢強く受けとめるよう努めてきた。結局人間は完璧《かんぺき》にはできていないのよ――よく生徒たちにそう言いきかせている。愛情や楽しみや満ちたりた人生をどうしたら味わえるのか、学んでいかなくてはいけないのだと。

だからきちんと説明しよう、わたしがマダム・デュボアのはずがない、だってわたしの名前は――。

彼女はとまどった。おかしな気分だった。もちろん自分が誰かはわかってるわ、今はちょっと頭が混乱してるだけ。頭が痛いのはけがのせいらしい。ずきずきしてほかのことが考えられない。そのうち名前だって思いだすはず。あたりまえだわ。そこで彼女は静かに待った。けれどもなにも浮かんでこない。なにひとつ。

そのまましばらく時間がたった。そのうち血管の中を伝っていくように、いてもたってもいられないような気持ちがわきあがってきた。いったいなにが起きているの？　頭ががんがんしてるからって、脳まで働かなくなってしまうことはないでしょう？

　焦りがますます募ってくる。

　そうよ、とまどっても不思議はないわ。彼女は自分を落ちつかせようとした。わたしはけがをしたのよ。でなきゃ病院にいるわけがない。とにかく静かにしていれば、だんだんに以前のことを思いだして……。

　だがほとんどなにも思いだせなかった。サイレント映画を早まわししているように、音のない光景がぱっと心の中に浮かぶ。でも意味がわからない。

　ほんとうにわたしには夫がいるのかしら、ほんとうにわたしはマダム・デュボアなの？

　彼女はぎゅっと目を閉じ、またゆっくりと開けてみた。目に映るもので記憶のドアが開くかもしれないというように。でもそのドアは、意識を失っている間に鍵《かぎ》がかけられてしまったらしい。

　そういえば、いったいどのくらいの間意識を失っていたのだろう？

　痛む頭でその謎《なぞ》を解くのは無理だった。彼女は今度は自分から眠りを求めた。痛みも混乱もない闇の中には、もう恐ろしい悪魔もいない。穏やかな安らぎだけが待っている。

「シェリー？」

　男の低い声がそばで優しく響いた。彼女は穏やかな眠りから引きもどされ、聞きなれない優しい言葉の主を見ようと目を開けた。

そばの小さなランプのほのかな光が、ベッドの横に立っているすらりと背の高い男にぼんやりと影を投げかけていた。その柔らかな光に、ベッドの手すりに置かれた長く細い指が浮きたって見える。その大きく頼もしそうな手から彼女は目をはなすことができなかった。手すりを強く握りしめているために、関節や指先が白くなっている。いかにも緊張しているその様子を不思議に思いながら、彼女はそっと視線をあげた。横からあたった光が、男の高い頬骨とたくましい顎の線を際立たせている。目だけが影になって見えない。

喉がからからになっているのに気づき、彼女は唇を湿らせた。「あの……」話そうとして、懸命に唾《つば》を飲みこんだ。でも声が出ない。

「水を飲むかい？」

彼の声はこわばっている――慎重に抑えた声。でも、なぜフランス語で話しかけるのかしら。

彼女はうなずき、彼の手が優雅に動いてクリスタルのピッチャーからストローのついた小さなグラスに水をつぐ様子を見つめていた。彼はストローを彼女の口元に近づけると、彼女が飲むのを見守っていた。

「気分はどうだい、シェリー？」

「あの……頭が……頭が痛いの」自分の声が奇妙に響いた。まるで長い間聞いていなかったかのように。彼女もフランス語で答えたが、巻き舌で話すと慣れていないようなおかしな感じだった。

「それはそうだろう。助かってほんとうに運がよかった」

「なにがあったの?」

彼は眉をひそめた。眉間《みけん》にふた筋まっすぐな線が刻まれた。「覚えてないのか?」

驚いたような声。彼女は当惑した。わたしがすべてきちんと説明できると思われているなんて。なにが起きたのか、なぜ自分がここにいるのか、それがわかっているなら、この見知らぬハンサムな男に話すこともできるだろうけれど。

彼女はまたまごついた気分になり、懸命になにかを探し求めた。なんでもいい――今頭の中をよぎったことでも。しかし、一瞬現れたそのイメージも、あまりにはかなくて説明しようがない。

「ごめんなさい」彼女は言った。「今はほとんどなにも思いだせないみたいなの」

ふたりの間に沈黙が流れた。彼女は彼の暗い表情を見つめながら、いったいこの人は誰なのだろう、どうしてこんなに心配そうなのだろうと思った。自分でも気がつかないうちに彼女は声を出していた。

「あなたはどなた?」

彼の暗い表情がますます翳《かげ》った。「ラウール」

「ラウールっていう名前、前から好きだったの」彼女はためらいがちにほほ笑んだが、それから自分はどんな薬を飲まされたのだろうと思った。酒を飲んだような間延びした声。それになぜか、心に浮かんだことをなんでもそのまま声に出してしまう。

「ぼくが誰かわからないのか？」しばらく黙ったあと、彼は尋ねた。

わたしが彼を知っているはずだと思っているらしい。彼女は精いっぱい感じよくほほ笑もうとした。「気を悪くしないで。あなただけがわからないんじゃないのよ」ひとつの言葉を発音するのが信じられないほど大変だった。ちょっと口を閉じて気を取りなおし、なんとか笑ってみせながら言った。「わたし、自分が誰かもわからないんですもの」

ユーモアを見せようという彼女の下手な試みは、彼には通じなかったようだ。彼がなにも言わないので、彼女はもつれる舌で続けた。

「わたしが嘘《うそ》をつくと思う？」

ラウールはからだをこわばらせた。「何度でもつくだろう」苦々しさをほとんど隠さない声だった。

彼女は目を見開いた。彼の不可解な態度の理由がはっきりした。この人はわたしを好きじゃないんだわ。今の言葉からすると、彼にもそれなりの理由があるみたい。でも彼女は言いかえしたくなった。自分が誰かわからなくても、嘘をつくような人間じゃないことはよくわかっている。嘘をつくことはどうしてもできない。嘘をつくといろんなことが複雑になる。真実のほうがずっと単純。

彼女は思わず手を伸ばして彼の手にふれた。彼はびくっとしたが、払おうとはしなかった。

「わたしがあなたを傷つけたのなら謝るわ。残念ながら今のわたしにはそうすることしかできないみたい。あなたのこともまるでわからないの。わたしたち、どんな関係があるのかしら？」

彼の息づかいがかすかに乱れた。しかしそれ以外には少しも感情を表に出さない。彼は答えを見つけようというように彼女の顔を探っていたが、やがてつぶやくように言った。

「ぼくはきみの夫だ」

まさか！　喉までこみあげてきたその言葉を、彼女は必死にのみこんだ。自分が誰かも思いだせないのに、どうして否定できるだろう。彼はわたしが誰なのかはっきりわかっているみたいだし。

「そう」彼女は少ししてから答えた。自分がひどく情けないような気がした。「じゃあ、わたしはほんとうにマダム・デュボアなのね」

「おや。少なくとも名前の一部は忘れなかったらしいね」ラウールはかすかに皮肉をまじえて言った。

「残念ながらそうじゃないの。看護師さんからそう呼ばれたのよ。そのときは間違えられたんだと思ったけれど」彼女は尋ねた。「わたしのファーストネームは？」

「シェリー」

「まあ！　シェリーって、フランス語の愛情表現の〝シェリー〟かと思ってたわ」

彼女はその名前を頭の中で何度もくりかえしてみた。聞きおぼえがある？　ずっとこの名前で呼ばれていたのなら、ちょっとはぴんとくるはずじゃない？　「わたしは何歳なの？」

「二六だ」

その年を考えてみる。またなにかの光景が頭の中を通りすぎた。「もう結婚して長いのかしら？」

「六年になる」

また驚くようなこと。彼女は眉をひそめた。「まあ、子供のうちに結婚したようなものじゃない！」

ラウールは皮肉たっぷりの表情で彼女を見た。「きみに子供のときなんかあったのかな、シェリー。きみは一一歳でモデルをはじめた。ぼくたちが出会ったころには、きみはあどけない子供なんてものとは何千光年と離れてたよ」

聞いたこともないようなことを言われて、彼女にはわけがわからなかった。しかもまた皮肉。この人がわたしの夫ですって？　どんな結婚生活を送っていたのかしら？　でも尋ねるのはためらわれた。

「どうしてあなたがわたしのことを怒っているのか知らないけど」彼女はようやく口を開いた。「でもわたしがモデルになれるはずがないのはわかるわ。モデルの仕事をしてたなんて言われると、なんだかおかしくなっちゃう」

ラウールはなにも言わずに背を向けてベッドから離れていった。その後ろ姿を見ながら、逆らったから怒らせてしまったのだろうかと彼女は思った。けれどもラウールは出ていったのではなく、それまで彼女が気づかなかった横のドアを開け、別の部屋に消えていった。それからすぐに手鏡を持って戻ってくると、彼女の横に来てベッドサイドの明かりをつけ、彼女に鏡を渡した。

鏡をのぞきこむかわりに、彼女は明かりの中に現れた男を見あげた。とても印象的……堂々として……それに間違いなく傲慢《ごうまん》そう。瞳はダークグレイで、かなり黒に近い。瞳を縁取る黒く濃いまつげも、男らしさを損なってはいない。

わたし、男性の趣味はすごくいいみたいね。彼との仲が冷えてしまったらしいのは残念だけど。

「見ないのかい？」彼は意味ありげな調子をまじえて尋ねた。

彼女は仕方なく手鏡を取りあげ、自分の顔をのぞきこんだ。モデルらしいルックスだと納得させるために鏡を見せたのなら、彼の目論見《もくろみ》ははずれた。恋は盲目と言うけれど、彼は愛情より怒りを感じているみたい。

「どうだい？」

「どうって、なにが？」彼女は手鏡を置き、いらだちまじりに彼を見あげた。

「なにが見える？」

うなるような声をあげ、彼女はもう一度鏡をのぞきこんだ。「青白い顔に目のまわりの隈《くま》。一番目立つのは、包帯で隠しきれないみごとな傷跡だわ」彼女はまた彼と目を合わせた。「どうして？　あなたにはなにが見えるの？」

「ヨーロッパ中のファッション誌に出ていた顔さ。大きな緑の目、高い頬骨、ふくよかな唇――」

「ふくよか」彼女はそうくりかえすと、もう一度鏡を見た。そしてつぶやいた。「ふくよかとは言えないような気がするけど。まあちょっとふっくらしてるかもしれないわね」彼女は目を細めてさらにのぞきこみ、それから大きく見開いた。「少なくとも目の色はあなたの言うとおりね」それから包帯の巻かれた頭に手をやる。「髪の毛はどうしたのかしら？」

「ほんの一部しか剃《そ》っていないと医者が言っていた。きちんと髪が伸びるまでの間も簡単に隠せるそうだ」

彼女はもう一度鏡の中の青白い顔を見ると肩をすくめた。「まあ、二六歳の今より一一歳のころのほうが見た目はずっとよかっただろうとしか言えないわね。で、どうなったの？　ルックスが衰えたから二〇歳で引退して結婚する決心をしたの？」

「すぐに引退はしなかった。だがきみのキャリア・プランにとっては不幸なことに、妊娠して――」

「妊娠！」彼の言葉にぎょっとしたとたん、頭が割れるように鳴りはじめた。彼女は片肘をついてからだを起こした。頭がくらくらする。彼女はひと言ずつ慎重に発音しながら、やっとのことで言った。「わたしたちには子供がいるってこと？」

ラウールは彼女を見つめながらうなずく。「そうだ。五歳の娘のイベットと、一歳二カ月の息子のジュール」

片肘ではからだを支えきれず、彼女はまたベッドに横たわった。その動きだけでもさらにめまいがひどくなる。彼女は天井を見つめ、この新しい奇妙な世界の中でなにかすがるものを見つけようとした。

「あんまりおかしすぎるわ」彼女はようやくそうつぶやいた。それからまた黙りこむと、ため息をついてかすかにうなずく。「わかってるわ。なにか夢を見てるのよ。痛みどめの薬のせいで幻覚を見てるんだわ。明日の朝目が覚めたら、笑い話になるわ……」

彼女は目を閉じ、シーツを肩の上まで引きあげた。そのまま横たわり、心を落ちつけようとした。

「やれやれ」しばらくすると、彼女は自分ひとりしかいないかのようにつぶやいた。「たいした夢よね。夫とふたりの子供がいて、モデルをやってるだなんて。独創的な発想の持ち主として表彰されてもいいくらい」

彼女は次第に眠りへ落ちていった。混乱から逃れられるのがうれしかった。やがて、ぼんやりしてきた意識の中で、つぶやいた。

「ああ、でもわたし、すてきな男性を選ぶ目があるのは確かだわ」

2

次に目を開けたときには、日の光がさんさんと部屋にあふれていた。頭の痛みはかなり引いている。またずきずきしないよう、そっと枕《まくら》の上で頭を動かした。すると、昨夜の男が革張りの椅子で眠っているのが目に入った。

彼女は思わず息をのんだ。突然脈がどきどきしはじめる。この人はほんとうにいた……わたしは夢を見ていたのではなかった。

ラウール・デュボア。わたしの夫。

とにかく彼はそう言っている。

でもわたしには、シェリーもラウール・デュボアも、どちらの名前にもなんのつながりも感じられない。どうにかしてこの状況を切りぬけないと。もう頭痛もおさまってきたし、昨夜よりはこの奇妙な世界に立ちむかっていけそうな気がする。

彼女はラウール・デュボアが眠っている間に、彼を観察した。

長身の筋肉質のからだが窮屈そうに椅子に縮こまっている。居心地悪げに傾けた頭を背にもたせ、足を前に投げだして片方の膝を曲げている。クリーム色のシルクのシャツに、チョコレートブラウンのスラックス。対のジャケットがもう一方の椅子の肘かけにかけてある。ゆるめられたネクタイが酔っぱらいのように胸にだらりとさがっている。

この人がラウール・デュボア。わたしの夫。彼女はもう一度自分の胸に言いきかせた。

しかし彼の態度を思いだしてぞっとした。自分たちの関係がもっとわかっていればいいのだけれど。なぜあんなに冷たくて、よそよそしくて、意地悪な態度をとるの？ そんな気持ちでいるのなら、どうしてずっとついていてくれたのだろう？

彼女は落ちつかない気分でもぞもぞとからだを動かした。こんなに弱々しい気分になるなんて情けない。こんなふうになにもしないで次に起きることを待つよりも、自分で自分の人生を動かしていきたい。

もっと自分のことを知りたい……自分の過去、自分の人生の欠けている部分を見つけだしたい。ラウールは子供がいると言っていた。そのことを思うと、こがれるような気持ちになる。子供に会えば、きっと子供との生活の部分だけは思いだすに違いない。わたしはずっと子供が欲しかった。それだけは確かにわかっている。どうしてそんなに確信できるのかはわからないけれど。

でも今だって、自分がどんな人間ではないかということははっきりわかるような気がする。自分がモデルではないということ、モデルの経験などまるでないことは十分わかっている。仕事を勘違いされているとしたら、わたしが誰かということも勘違いされているかもしれない。

絶対に他の人間と間違えられている。できるだけ早く誰か責任ある人に話さなくては。わたしが焦る必要はない。落ちついていればいい、そのうち――。

まるで合図でもされたように、静かな音とともにドアが開いた。スーツに身を包んだ、やせてきちんと身なりの整った男性と、看護師がふたり入ってきた。ラウールがもぞもぞとからだを起こすのが彼女の目の隅に映った。

「おはようございます、ムッシュー・デュボア、マダム・デュボア。目が覚めてよかった」その男は言うと、ベッドに近づいてきて彼女の手をとった。「ご主人はたいへん心配なさってたんですよ。それにわたしたちも」男はラウールのほうを顎で示してから、鋭い目を彼女に戻した。「きっといろいろおききになりたいことがあるでしょう、できるだけお答えします」彼女の手をさすりながらそっと脈をとる。「わたしは医師のピエール・モンタンです。あなたは何日も意識不明でした。ご主人がこの病院にあなたを移されてからはわたしが担当しています」

彼女はちらっとラウールのほうに目をやった。彼は椅子から立ちあがり、ふさふさした黒髪を手でかきあげている。そうするとますます髪が乱れるようだけれど。今の話からすると、ラウールがわたしをこんな豪華な病室に入れてくれたらしい。彼はそれだけわたしを気づかってくれているわけだ。

「今朝のご気分はいかがです？」とモンタン医師が脈を計りながら言う。

「頭の痛みはかなりおさまりました。ただ、なんだか記憶がごちゃごちゃになっているみたい」彼女は非難ととられないようにほほ笑みながら言った。「なにかの間違いだと思います。今はきちんと思いだせませんけれど、わたしがシェリー・デュボアでないことは確かです」彼女は向こう側にいる男のほうを見ないようにしていた。自分の言葉に対する彼の反応を見たくなかった。

モンタンの目がけわしくなった。彼はさっとラウールを見ると、また彼女のほうへ視線を戻した。「あなたは頭にひどいけがをしたのですよ。少しくらい混乱しても不思議はありません」そう言うと、ラウールにまた目をやる。ラウールが黙ったままなのでモンタンは続けた。「ほかの人間と間違えられているという心配はありません。事故現場で警察があなたの車の登録ナンバーとバッグに入っていた運転免許証を確認したそうです。それにご主人がひと目であなたとお認めになりましたから」

シェリーは医師とラウールの顔を見比べ、ふたりの表情からなにかを読みとろうとした。もしもわたしが彼らの言う人間ではないとしたら、なんのためにこの人たちは嘘《うそ》をついているのだろう？　この人たちの言うことを信じていいのだろうか。

「事故のこともまるで覚えていないの」彼女はちょっといらだって言った。

「あなたのようなケースでは珍しくありません。おつらいでしょうが、少し時間をかけてみることです。頭部に傷を負うと、一時的な記憶喪失はよく起こります。ですがありがたいことに、精神というものにはすばらしい治癒力がありますからね。入院中はわたしもできるかぎりお手伝いします」モンタンは彼女の手をゆっくりとベッドの上に戻した。「とにかく、これだけのけがですんでよかったですよ」彼は彼女の頬に軽くふれた。「全体的には経過は良好です」

彼女はちょっと医師を見つめ、自分を悩ませているもうひとつのことを口に出していいものかと考えた。いいじゃない？　記憶だけでなく頭のほうもまともじゃないとしたら、そのこともはっきりわかっておいたほうがいいのかも。

「なぜみんなフランス語で話してるの？」

男ふたりがまた目を合わせ、看護師たちは驚きと落胆の入りまじった目で彼女を見つめた。

ラウールと一瞬無言で視線を交わしたあと、モンタンが口を開いた。「あなたがアメリカ人だということはご主人からお聞きしましたが、もう何年もフランスにお住まいだから、十分フランス語もお上手だそうですよ」

彼女は信じられない思いで医師を見つめた。「ここはフランスなの？」細い声でつぶやいた。ショックを隠しきれなかった。

「もちろんだ」とラウール。「どこだと思ったんだい?」

「テキサスよ!」彼女は思わず口走ったが、それから口をつぐみ、痛む頭をさすった。どうしてテキサスだと思ったのだろう。テキサスと言ったとたん、頭の中に風景が浮かんできた——高いビル、何車線もあるハイウェイ、咲き誇るアザレア、州の旗……。

「すごくいい兆候じゃないか、記憶が戻るかもしれない」とラウールが言う。「きみはダラス出身なんだよ。一〇歳のころまで住んでたそうだ」

医師は顔をしかめた。「なにかそのころのことを思いだせませんか?」

彼女は目を閉じてなにか思いうかべようとした。しかしほどなくため息をついた。「ちょっとした光景しか浮かんでこないの。なにも役に立つようなことはないわ」そしてまたラウールのほうを見た。「事故のことを話してくれない? あなたも一緒だったの?」

思いがけない質問だったらしい。彼はしばらくためらっていたが、ようやく答えた。「いや。きみひとりだった。警察の話では、急カーブを曲がりきれなかったのだろうということだ。車は崖《がけ》を落ちた。きみは外に投げだされて運がよかった……車は衝撃で燃えあがったんだ。きみは崖っ縁に倒れていたそうだ」

自分が死にかけたと知って、彼女はぞっとした。「ほんとね。死なずにすんで運がよかったわ」とにかく、どうして頭が痛むのかはわかった。車から投げだされたときに打ったに違いない。

「さあ、包帯をとってけがの状態を見てみましょう」モンタンが言った。「安心してください、髪はほんの一部しか剃《そ》りませんでしたから。伸びるまでうまく隠れるでしょう」そしてにっこりほほ笑みかける。「こんなにきれいな赤毛をだめにしてしまうのはもったいないですからね」

「わたしの髪は赤毛じゃ……」彼女は言いかけたが、途中で口を閉じた。不安な気持ちだった。今はなにもかも意味が通らないように思える。テキサスだけが現実に思える。ほかのことはなにもかも嘘のよう。夫も子供も、フランスも。

看護師たちが包帯を手際よくほどいていく。医師が傷を調べている間、彼女は何度か痛みに顔をしかめた。

「もう包帯はとっていいでしょう」しばらくしてモンタンが言った。「順調に回復していますよ」それからちょっとさがって彼女の顔を見た。「今はとにかくゆっくり休んで体力を回復させることです」

彼女はまた眠りに落ちていった。そのうちにすべてよくなるという言葉を信じて。

だが四日後には、それほど安心した気分にはなれなかった。

頭の痛みはかなり引いていたけれど、記憶は混乱したままなにひとつ説明がつかない。そもそもフランスやラウールとの結婚や家族についての記憶がなにひとつ、かけらすら戻ってこない。

それでもからだのほうはどんどんよくなって、今では人の手を借りなくても動けるようになった。シャワーはひとりで浴びられるようになったし、身のまわりのことも自分でできる。

この三日間ラウールは毎日来てくれた。彼と一緒にいても、記憶がないだけに落ちつかなかった。ふたりの生活について尋ねる気にはなれない。彼の側から見た話しか聞けないだろうから。彼の態度にはどうしてこれほど敵意が感じられるのだろう。記憶が戻れば、彼のよそよそしい態度の理由もわかるだろうけれど。

昨日彼から、家や仕事の具合を見に帰るから一日か二日は来られないと言われたとき、彼女はほっとした。ラウールによれば家というのはもう一〇〇年以上彼の一族が住んでいる城《シャトー》なのだそうだ。父は既に亡く、母と、未婚の妹が一緒に住んでいるという。

それを聞いたとき、彼女は外国映画のようなイメージを思いうかべた。シャルル・ボワイエが出てくるような……もちろん、わたしが住んだこともない場所。

慣れ親しんだ家庭に戻れば記憶もはっきりしてくるだろう、とモンタン医師は言った。たぶんそのとおりだろう。だが彼女はここを離れたくなかった。居心地のいい病室と病院の庭のほうが、今は安心できる。

ふたりの子供のことを考えるたびに、彼女はとまどった。子供のことを覚えていない母親を、彼らはどう思うだろう？　ある朝起きたら記憶がすべてはっきり戻っているのではないか、と彼女はずっと願いつづけていた。なによりラウールが戻ってきたときに、ふたりの関係をすべて思いだしたというニュースで迎えたかった。

もうシャワーを浴びてセラピストに会う用意をしなくてはいけない。バスルームに入り、心の準備をしてから、いつものように鏡をちらりとのぞく。肩上で広がる燃えるような髪に、彼女はまだ慣れることができずにいた。その髪に包まれていると、他人のように見慣れない顔に思える。

わたしはほとんど銀色に近いくらいの淡いブロンドだったはず。顔にかからないようにまとめておくのが好きで、髪をおろすことはなかった。毎晩ドレッサーの前に座り、ゆるい三つ編みにしてから寝たのを覚えている。この髪は短いし、色がまるで違う。

赤毛ではなかったとラウールに話してみると、モデルの仕事を始めたころにカメラマンから勧められて染めたということだった。

自分が有名なモデルだったなんてやはり信じられない。ときどきほんとうに頭がおかしくなったのではないかと思う。

シャワーを浴びて髪を乾かしたが、まとめる元気が出ず、そのままおろしておいた。青白い顔を炎のような髪が包みこむ。瞳まで違う色に光って見えた。彼女は目を閉じ、自分の知っている自分を思いうかべてみた――ほっそりしたからだの、簡単に人波に紛れてしまうような女性。化粧はほとんどしない。つまり、目立つようなことはなにもしない女性だ。

しかし鏡の中から見返してくる女性は、細身ではあるけれど、ラウールが持ってきてくれた薄い下着のせいで細いウエストと柔らかな腰の線がさらに強調されている。ブラジャーは胸を押しあげ、気をそそるような谷間ができるように作られたもので、ハイカットのショーツは足をさらに長くきれいに見せる。

ラウールが言うには、これは彼女自身が買ってきたものだという。彼女は鏡の中の自分を見つめ、自分がこういう下着を買うところを想像しようとした。でもできなかった。彼女は鏡に背を向け、部屋に戻って、彼の持ってきた服を一枚取りあげた。海のような緑の瞳に合った色で、シルクの肌ざわりが心地よい。

急いで髪をとかすと、彼女はセラピストのオフィスに向かった。今日こそなにかわかるといいと願いながら。

「ああ、どうぞ。時間に正確ですね、シェリー」セラピストのルクレールが呼びかけた。

「今日の調子はどう?」そう言って向かいの椅子に座るよう手招きする。

「反比例という感じです。からだの調子がよくなるにつれて、正確な記憶がないことにいらだってくるんです」

ルクレールは机の上でのんびりと手を組み、かすかに笑みを浮かべて彼女を見た。「正確な記憶？」と促すように言う。

「だから――フランスに住んでいることとか、結婚していること、子供がいること、そういう記憶です」

「そのかわりあなたにはどんな記憶があるんです？」

彼女はため息をついて椅子にもたれた。「うとうとしかけたときや目が覚めた瞬間に、ぱっとある光景が浮かぶんです。いつも教室の黒板の前に立って女の子たちに教えている光景です。でもなにを教えているのかはよく思いだせない。ときには小さなバルコニーに座って鳥がヒナに餌《えさ》をやっているところを眺めていたり、高いビルが並ぶ空を見あげていたり。テキサスのどこか大きな都市に住んでいたような気がするんです。ダラスのような気がするけど、よくわからない。狭い庭を掘って春の花を植えたり、バラやアザレアの枝を切ったりしているところも浮かんできたことがあります」

「そばに誰かいなかった？」

「教室にいるときは。それ以外はひとりきり……」声は心もとなく消えていった。彼女はしばらく黙っていたが、やがて口を開いた。「ただ、ジャニーヌという名前はよく出てくるんです」

「その名前にはどんな意味があるのでしょう？」

「きらきら輝く茶色の瞳、いきいきした表情、黒いカールが飛びはねて。彼女は友達……

とてもいい友達です。とてもつらいときもそばにいてくれた……」また声が小さくなっていく。ルクレールを見あげ、眉をひそめて言った。「思いだせないんです。でもなにか恐ろしいことが起きたんです、わたしにはどうにもできないようなことが。でもジャニーヌがわたしについていてくれた。彼女がいなかったら、わたしはあのひどい時期を乗り越えられなかったわ」

「そのできごとを思いだせますか?」

彼女はしばらく自分の頭の中を探っていたが、やがて首をふった。

「ご主人からお聞きしたところ、あなたはダラス出身だそうですね。だから子供のころのことを思いだす可能性はありますね」

彼女は眉をひそめた。「そうでしょうね。でもそのときはもう大人になっているような気がするんです。ジャニーヌも」彼女はうんざりしたように首をふった。「それに、そういうふうにふっと思いだすことが、どれもフランスとはまるで関係がないんです」

ルクレールは前にファイルを広げ、ぱらぱらと書類をめくっていった。それから一枚書類を取りだすとしばらく真剣に読んでから、やがて尋ねた。「事故の前に口論したことについて、ご主人と話しあいましたか」

思いがけない質問に、彼女は驚いて相手をじっと見つめた。

「いいえ」彼女はゆっくりと答えた。「話していません。彼はわたしたちの生活についてなにも話したがらないから」そして椅子から身を乗りだした。「彼、先生には、わたしたちはけんかしてたって言ったんですか？」自分の声に刺《とげ》が感じられた。でも隠しようがなかった。

「シェリー、あなたを助けるためには、あなたがたの結婚生活についてご主人と話しあわなくてはならなかったんです。もちろんご主人も個人的なことまで話したくなかったようですが、最後には納得してくれました。そのときの口論が、事故や、あなたの記憶喪失の原因になったとも考えられます」

彼女はさらに身を乗りだした。「どういうことです？　夫との口論を思いだしたくないから、わたしの記憶が戻らないというの？」

ルクレールは眼鏡の向こうから彼女を見つめた。「頭をひどく打ったことが記憶を失った直接の原因なのは間違いないでしょう。ですがフランスでの生活を少しも思いだせないということから考えると、あなたは――深い潜在意識のレベルでということですが、今はまだ立ちむかう準備ができていないために、記憶を断ちきってしまったのかもしれない」

彼女はその推理にいらだたしさを覚え、それを懸命に抑えながらルクレールを見つめた。

「いったいなにがそんなにつらいっておっしゃるんです？　ハンサムなフランス人と結婚して、ふたりの子供を産んで、お城に住むってことが？　わたしにはまるでおとぎ話みたいに聞こえるわ。まるで夢物語よ。拒みたくなる人生だなんて思えない」

「最近のあなたの様子について、ご主人が話してくれました。なかなか打ち明けてはくれませんでしたが」ルクレールは別の紙を取りあげてさっと目を通した。「ふたり目のお子さんの妊娠が大変だったようで、出産のあともなかなか体調が戻らなかったようですね。産後に鬱《うつ》状態になることは珍しくありませんが、あなたの場合かなり重かったようです。赤ちゃんが生まれると、あなたはその子も上のお嬢さんもほとんどかまわなくなってしまった。いつもほとんど家にいなかったらしい」

優しそうな顔のセラピストを、彼女はぞっとした思いで見つめた。わたしはそんな人間じゃないわ！　生まれたばかりの赤ん坊と小さな子供をどうしてほうっておけるだろう？　なにか間違っている。しかし彼女には、どこからとりかかればいいのかわからなかった。

「わたしはどこに行っていたんです？」たとえばセラピストにかかっていたのかもしれないと、すがるような思いで彼女は尋ねた。

「ご主人によると、モデルをやっていたころの知り合いとつきあうようになっていたそうです」

「夫はわたしの友達を気に入っていなかったように思えるんですけれど」彼女はため息をついた。

「パーティばかりで、自分とは合わないとご主人はおっしゃっていましたね」

「だんだんわかってきたわ」彼女は声に出して言った。それから心の中でつけくわえた。

どうりで、わたしに対してあんなによそよそしかったわけだわ。この話からすると、わたしはたいした妻じゃなかったみたい。母親としては完全に失格だわ。「どうしてけんかになったか、お聞きになりました？」

「ご主人はその晩あなたに家にいてほしいと頼んだそうです」

「でもわたしは無視して出かけたのね」

「らしいですね」

「それで車を飛ばして崖から落っこちて、なんでも自分のやりたいようにやることを示したわけ。ちょっと行き過ぎだと思いません？」

セラピストは眼鏡をはずして鼻に手をやった。「あなたは怒って家を出ていった。その晩は戻ってこなかった。翌日も連絡がなかった。事故の場所は家からかなり離れたところだった」

「でも話そのものがまるでばかげてるわ。なにもかもドラマティックすぎる。そうじゃないですか？　元モデルだとか、お城の暮らしだとか、いさかいに逃避に事故、そして――記憶喪失。彼女はなにも覚えていない」

「そして一番肝心なところに戻ってくるわけです。あなたはなにを覚えているんですか？」

「話せることはすべて話しました。すべてばらばらでぼんやりしているんです。自分が誰だと思うか説明するとしたら、ごく普通の人間だと言うしかありません。読書が好きで、庭仕事が好きで、友達と会うのが好きで、でも派手なパーティはあんまりやらない……」彼女はちょっと口をつぐみ、身を乗りだして机に両手を置いた。「この病院で目を覚ましたときからずっと、みんながわたしのことじゃなく、誰かほかの人の話をしているような気がしていたんです。子供にかまわずに友達と遊びまわって夫とけんかするような女性は、わたしと結びつきません」もうそれ以上座っていられなかった。彼女は椅子を立って歩きだした。「先生がおっしゃるような行動をとる女性のことはどうしてもわたしにはわからない。記憶はなくなってるかもしれないけど――それは確かでしょうけど、でも自分の価値観は今でもはっきり意識してるわ。子供がいて、家庭があって、愛してくれる夫がいて、気づかってくれる家族がいたらすごく幸せだろうと思うわ。どうして一番大切なものをすべて失うようなことを、わざわざやったりするかしら?」

ルクレールはもぞもぞとからだを動かして咳払《せきばら》いをした。「今回起きたことにしても、あなたがまわりから言われる自分を違う人間と感じることにしても、論理的な説明ができると思います」

彼女はまたさっと椅子に腰をおろした。「ありがたいわ。どんなふうに?」

「あなたは事故で死にかけたんです。そのうえ一週間以上も昏睡《こんすい》状態でした」ルクレールはいったん口をつぐみ、かけなおした眼鏡の奥から彼女を見つめた。

「ええ」

「医学の分野では、一般に臨死体験として知られる例がたくさんあるのです。報告された多くのケースで、死にかけた人が後にこう言っています。世俗を離れた目で自分の人生を見直す機会を与えられ、人生の選択を迫られたと。こうした現象をそういう面から見るのが正しいかどうかは問題ではありません。とにかく現実に、死の直前まで行って生きのびた多くの人が、ライフスタイルを大きく変えているのです。以前の目標や優先順位をすっかり変えてしまったのです。つまり、可能なかぎりの方法で別の人間になったわけですね」

彼女は疑うような目でルクレールを見た。「わたしもそのひとりだというわけですか?」

「ひとつ仮定してみましょう。自分のアイデンティティを見つけようとしている子供の時期にキャリアが満開になってしまった結果、あなたは受けた教えや基本的なしつけを守れなくなっていった。ひょっとすると心の奥では、根深い葛藤《かっとう》があったのかもしれない。あなたの性格の中に二面性があるために、どちらの面があなたの行動を支配するかという争いがつねにあったのかもしれない」ルクレールは彼女の目を見つめて言った。「わたしの言う可能性とは、あなたの葛藤が強くなり、ついにはあなた自身がきちんと動けなくなってしまったのではないかということです」

「じゃあ、あの事故はわざとだと思っていらっしゃるんですね」彼女は抑揚のない声で言った。

「意識してはいなかったのかもしれません。でもあなた以外にそのときのあなたの気持ちを知っている人はいないのですから、その可能性を除外することはできません」

「記憶を取りもどすにはどうすればいいんでしょうか」

「体力が回復して、ここを出てからぶつかる感情的な問題に立ちむかえるようになったら、自分の人生を真っ向から受けとめることですね。自分をもっと慣れ親しんだ環境に置いてみて、ご主人や家族の方と普通の会話を交わすようになれば、きっとみんな助けてくれるでしょう」

「いつかは記憶が戻るんでしょうか」

ルクレールはしばらく彼女を見つめていたが、やがて言った。「事故の前のあなたのことは知りませんが、お話をするようになってからずいぶんあなたという人がわかってきたような気がします。あなたはずっとひどい苦しみと精神的な緊張に耐えてきた。勇気のある女性なんでしょうね。きっと今までもつらいことにぶつかっていろいろと難しい決断を下してきたに違いない。わたしの意見を言えば、どんなに人生がつらいように思えても、それは一時的なものでしかありません。あなたの質問に答えれば……イエス。あなたはきっと記憶を取りもどすと思います」

3

一週間がたった。シェリーは堂々としたしだれ柳のそばに腰をおろし、目の前に広がる眺めを楽しんでいた。木々に彩られ、生け垣や石塀に縁取られたなだらかな丘の姿は、焦る頭を静めてくれる。近くの泉の水音が、心を癒《い》やすように響く。

この庭はほんとうに美しい。花の香りがその美しさを引きたてている。彼女は深く息を吸いこみ、心地よい香りで胸をいっぱいにすると、心が静まるのを待った。

ラウールから今日戻ってくるという伝言が病院にあったそうだ。いよいよ明日、退院して、彼と一緒に家に帰ることになる。

この一週間、毎日ルクレールと一緒に記憶のドアを開けようと努力してきた。神経が張りつめて疲れはするが、目的に向かっているという気持ちがあった。病院での毎日の生活にも慣れてきた。正直に言えば、この病院の医師やスタッフといるほうが自分の夫といるよりも落ちつく。少なくともルクレール先生やモンタン先生のことはだんだんわかってきたわ。でもラウールは謎《なぞ》のまま。

今朝ルクレールが、もう次の挑戦をしてもいいころだと言った。家に戻りもとの生活をするようになれば、記憶の欠けた部分も見つかるだろう、と。

毎日セラピーを受けているうちに、彼女はルクレールの言うように、思いだしたくない記憶を自分自身で締めだしてしまったのかもしれないという気がしてきていた。

わたしの未来を築くために必要な答えを解く鍵《かぎ》は、ほとんどラウールが握っている。家に戻れば毎日彼と一緒だ。

彼女は不安でいっぱいだった。病院でようやく手にした安らぎを失うことになるのではないだろうか。これから知らない人たちに会わなければいけない。それには知らない男を信じるしかなくなる。その男とけんかして家を出たというのに。どう考えても、心のなごむ環境とは思えない。

ラウール・デュボアを前にするとなんだか緊張してしまう。彼に会うたび、嫌われているのがわかる。彼は義務で来ているように見える……きっとなにかの苦行のつもりで。

ひょっとしたら彼に軽蔑《けいべつ》されて当然のことをしていたのかもしれない。

でも、そうではないかも。

そう思うと、自分の心の中の閉じたドアを開けようと頑張りつづけなくてはいけないという気になる。自分についてできるかぎりのことを見つけださなくては。夫に対してどんな気持ちでいたのか知りたい。

子供が生まれてからのわたしのふるまいについては、家に帰ってわたしを知っている人にきけば、ラウールの話が事実かどうかわかるだろう。彼が事実を言っているとすれば──でも、嘘《うそ》をついても簡単に確かめられることくらい彼にもわかっているはずだ──わたしが彼や家族を顧みなくなった原因がふたりの間のどんなことだったのか知りたい。でも彼がその原因を教えてくれたとしても、それがほんとうかどうか確かめることは簡単ではないだろう。

こんなあやふやな状態でいるのはいやだった。しかし今のわたしには、自分の頭の中を掘りさげて答えを探す以外なにもできないのだ。

シェリーは頭をさすり、頭の中で堂々めぐりをしている思いを引きだそうとした。庭に出てきたのは景色を楽しむためで、答えを探すためではないのに。彼女はもう一度視線を目の前の風景に向け、楽しい気分以外すべてを頭の中から締めだそうとした。

しばらくして、彼女は庭にいるのが自分だけではないことに気づいた。ラウールが少し離れた柳の木のすぐそばに立っている。柳の枝が彼の肩をそっとなでていた。

初めての恋人を前にした少女のように、シェリーはどぎまぎして石のベンチから立ちあがった。「こんにちは、ラウール」

ラウールはちょっとためらったが、やがて彼女のほうに近づいてきた。「この前よりもずっと調子がよさそうだね」彼は彼女の横で足をとめた。その瞳は心の中を少しも見せない。

「いいわ、ありがとう」彼女は小さな声で言った。

彼は庭を見渡し、それから腰かけるように手ぶりで促した。彼も腰をおろしたが、彼女にはふれようとしなかった。「戻るのが遅くなって悪かった。仕事で予想外のことがあってね、遅れてしまったんだ」

「家のほうはどう?」彼女は優しく尋ねた。

彼はかすかに片方の眉をあげた。「なにか思いだしたのかい?」

「いいえ」彼女は慎重に続けた。「ごめんなさい、ほのめかすような言い方をする気はなかったの……」言葉を探して口ごもる。

ラウールは視線をそらした。「時間がかかるって医者も言ってた」

「子供たちの姿を思いうかべようとしてたの。すごくおかしな感じだわ、子供がいるってわかってるのに顔も思いだせないなんて」

「みんな元気でやってるよ」彼は一瞬ためらったが続けた。「写真を見るかい?」

シェリーはぱっと彼のほうをふりむいた。「ええ、見たいわ!」

「もっと早く見せるべきだったね」彼はポケットを探って財布を出し、悔やむように言った。「子供たちを見たらなにか思いだすかもしれないと医者が言ってたから、きみを家に連れて帰ってふたりに会わせることばかり考えていた」

「いいのよ」彼女はつぶやいた。彼の相変わらずよそよそしい態度に、気が重くなった。

彼は財布から写真を二枚出すと彼女に渡した。彼女は一枚目をしげしげと眺めた。プロのカメラマンがスタジオで撮ったものらしい。小さな女の子がまだ歩きはじめたくらいの男の子の肩を守るように抱いて立っている。どちらも父親譲りの黒髪。写真では瞳の色はわからなかった。少女はとてもまじめそうな顔をしている。目がとても大きい。フリルのついたドレスは、その細いからだには派手すぎるように見えた。男の子のほうは小さな手をたたいている。笑った口元にきれいな歯が少しのぞいている。

なにかの感情がわいてこないだろうか。シェリーは待った。このふたりの子供たちに対する母親の愛情のようなものが。しかし、初めて見るような気持ちにしかなれなかった。

「どうだい？」彼女がなにも言わないのを見て、ラウールが言った。

彼女はゆっくりと首をふった。「ごめんなさい。思いだせないわ」

彼は写真を受けとると、なにも言わずに財布の中にそっと戻した。シェリーは、子供たちの顔を覚えていられるように持っていてはいけないかとききたかったけれど、やっとのことで気持ちを抑えた。彼がいかにも大切そうにその写真を扱うのを見ると、そんなことを頼んでも無駄に決まっているという気がしたからだ。

「イベットとジュールという名前と言ってたわよね」

「そうだよ。きみはイベットという名前が前から好きだったと言っていた。ジュールというのはぼくの父親からとった名前だ」

二枚目の写真に目をやったシェリーは、びっくりして目を見開いた。彼女のスナップ写真だった。真っ赤なスポーツカーのフェンダーに寄りかかって足を組み、顔を上向けている。すらりと長い首、風になびく髪。デザイナーもののサングラスで顔の半分は隠れているが、笑顔から輝くような歯がのぞいている。セクシーな白いジャンプスーツがからだをぴったりと包んでいる。

シェリーにはその女性が自分とはどうしても思えなかった。「これは最近の写真なの？」

彼はちらっと見ると、無表情のまま目をそらした。「何カ月も前にぼくが撮ったものだ。この車はバースデー・プレゼントだった」

「この車を運転していて、わたしは……」

「そうだ」

シェリーはもう一度、自信ありげに車に寄りかかっている女性を見つめた。毎朝鏡に映るのは、まさにこの女性の顔。別の人間のはずがない。

別の人間かもしれないなんて、本気で思っていたの？

この一週間のうちに、彼女はルクレールの意見を受けいれるようになっていた。わたしは無意識のうちに人生の何年分かを締めだしてしまったのだ。思いがけない変化に正面から立ちむかうことができずに。自分の深層心理がなにを隠そうとしたにせよ、彼女は事実を見つけだすつもりだった。

シェリーはラウールの手をとった。彼が身をこわばらせるのがわかったが、彼女は手をはなさなかった。「あなたもすごくつらいのはわかってるの。でもわたしにはわからないことだらけで、答えを知っているのはあなただけなのよ。家に戻るのが次のステップだということはわかってるけれど、知らない人たちに会うと思うとちょっと怖いの。ほんとうはわたしの家族だっていうのに。その人たちのほうが今はわたしよりもわたしのことを知ってるんだわ」

「ママンやダニエルと話しあった。過去の問題は別として、きみが元気になるようにできるだけ力を貸すと言ってくれている」

シェリーはいらだたしげに立ちあがった。少し離れてから、ふりかえって彼を見た。「過去の問題ってなに？」彼女の声はふるえていた。「なんでもそういうふうに意味ありげな言い方をされるのはすごくいやだわ。遠回しな言い方とか、よそよそしい態度とか。わたしたちはどうなってるの？　ルクレール先生から聞いたわ、わたしたちは事故の前に口論したんですってね。どうしてけんかになったの？　どうしてわたしは出ていったの？どんな話があったの？」

ラウールも立ちあがった。「先生はきみを興奮させるなとも言ったよ。そんなことをしたら回復が遅れるだけだって。きみが完全に治ったら、ぼくたちの間に起きたことはすべて話しあえるさ。いいかい、きみもそうみたいだが、ぼくだってぼくたちの関係をどうにかしたいと思ってるんだ。でも今はまだ取りかかってもしかたがない。明日の朝九時に迎えに来るよ。家に戻る途中でゆっくり話せるさ」

「家はここから遠いの？」

「四時間くらいかかる」

「さっき仕事で来られなかったって言ったけど、どんな仕事をしているの？」

「ぶどう畑とワイナリーを経営してるんだ。もう何世代も受けつがれている」

ワイナリー……ぶどう畑。なにかイメージが浮かぶかと思ったが、やはりなにも出てこない。彼女はため息をついてラウールから視線をそらし、地平線まで続く牧歌的な風景に目をやった。

「シェリー？」

彼の顔を見たくない。彼女はゆっくりとふりむいた。

「きみにとってすごくつらいことなのはわかってる。わかってほしい、今の状態はぼくにとってもつらいんだ。今ぼくはできるかぎり自分の感情を抑えている。ぼくたちの間に起きたことをきみが覚えていないからといって、起こらなかったことにはならない」彼の視線が冷たくなった。「きみに記憶がないのがときどきうらやましくなるよ。どんなに忘れたくても、ぼくにはきみのしたことや言ったことを忘れることができない。ぼくに対してしたことなら許せるかもしれない、でも子供たちをつらい目にあわせたことはそう簡単に許せそうにない。それにママンを、そしてダニエルを。ぼくには忘れられない。忘れられたらどんなにいいか」

彼はぱっと背を向けると、逃げるように急いで立ち去った。

その後ろ姿を見つめながら感じた痛みは、頭の傷のせいではなかった。痛むのは心。わたしはあの人をひどく傷つけたに違いない。育ちがいいから、わたしに対して抱いている軽蔑といとわしさを抑えていられるだけ。

どうしてわたしの人生はこんなにめちゃくちゃになってしまったの？

その答えがつらいものであっても、どうしても見つけださなくてはいけない。彼女は神に祈った。自分が人生で犯した間違いに、今の苦しみを引きおこすことになった間違いに、立ちむかうだけの力をお与えください、と。

4

ラウールは眠れなかった。ホテルのベッドで何度も寝返りをうっているうちに、もう何時間もたったような気がする。さまざまな光景、残酷な言葉、引き裂かれるような思いが、彼を苦しめる。どうしても締めだすことができない。

彼はいらいらしながら起きあがり、ベッドルームの奥にある小さなバスルームで水を飲んだ。眠れないわけは、はっきりわかっている。シェリーが明日退院して家に戻ってくるのが不安なのだ。

彼はベッドに戻ってふたたび横になったが、頭の中ではまた、警察から電話が来たときのことを思いだしていた。

夜の闇《やみ》の中、彼女が運ばれた病院へと車を飛ばした。彼女のベッドに付き添って、彼女が目を覚ますのを待ちつづけた。昏睡《こんすい》状態に陥ると、医師たちからもう自分たちにできることはほとんどないと告げられた。

彼女の死を願う気にはなれなかった。ふたりの結婚生活がうまく続く見込みがないとはいえ、彼女は子供たちの母親なのだから。

最高の治療が受けられるよう、彼は二日かけて個人病院を探した。彼女を救うためにできるかぎりのことをしなければ、彼自身の心が休まらない。先のことは考えたくなかった。

こういうときに彼女が記憶をなくしたというのも皮肉だ。事故のとき意識がはっきりしていたら、シェリーはぼくに連絡しなかったに違いない。なぜなら彼女は、ぼくなどいらないとはっきり示したではないか——もちろん金と地位は別だろうが。シェリーはきっと遊び仲間に連絡しただろう。そしてどんなことか知らないが、彼女が考えていた計画をそのまま進めていったことだろう。

三カ月前ラウールが離婚を申しでると、シェリーは笑いとばした。今の生活が気に入っている、離婚する気ならヨーロッパ中のゴシップ新聞にあなたの名前が載ることになると彼女は言った。

ラウールは最後のシーンをもう一度頭の中によみがえらせた。

その日早めに家に戻ると、シェリーが部屋でスーツケースに荷物を詰めていた。彼女の部屋。そう、部屋を別にしたいと彼女が言いだしたことがふたりの終わりのはじまりだったとは、あのときのぼくにはわからなかった。

部屋を別にしたのは、ジュールがまもなく生まれるという時期だった。彼女はひどくいらいらしていた。少しも休めない、あなたのせいで目が覚めてしまうと文句を言って、彼女は隣のベッドルームに移った。しかしジュールが生まれたあとも、シェリーは彼の部屋に戻らなかった。ようやく夜の営みは戻ってきたものの、彼女がほとんど応《こた》えないので、ラウールもしだいに彼女のベッドに行かなくなった。

シェリーはモデル時代の友人とまたつきあうようになった。仕事よりパーティを大事にしているような連中だ。最初はそういう友人を城に連れてきていたが、だんだん彼女は外で過ごすようになっていった。ラウールが彼女の行動について話しあおうとするたびに彼女は彼を無視した。

でもあの最後の日は、ラウールももう無視されるままではすませないつもりだった。あの日彼女を捜すと、シェリーは自分の部屋でスーツケースに荷物を詰めていた。

彼はポケットに両手を突っこみ、ふたりの部屋をつなぐドアの前に立った。

「どこかへ行くのか？」

シェリーははっとしてふりむいた。「まあ！　びっくりした。ずいぶん帰りが早いのね。どうしたの？」彼女はそう言いながらレースをあしらったサテンのドレスを詰めこんだ。

「ぼくの質問に答えていないよ」

彼女は顔をあげてラウールを見た。「あなたもわたしの質問に答えてないわ」甘い声で言う。

「わかった」ラウールは答えた。「ぼくが早く帰ってきたのはきみと話をするためだ」

彼女はリゾートウエアをたたんでスーツケースに入れながら宙を仰いだ。「どうぞ、なんでも言いたいことを言いなさいよ」

「今日何通かきみの買ったものの請求書が届いた。これはかなりの額だと思う」

「あらそう？　払うお金がないの？」シェリーは目をあげず、かすかに笑みを浮かべながら尋ねた。

「そういう問題じゃない、シェリー。前にもこの話はしたはずだ」

「わかってるわ。でもこういう生活、ちょっと退屈だと思わなくて？」彼女は大げさにため息をついてみせた。「わたしは退屈なの」

「さあ、今度はきみの番だ。

「心配しないで。ひと晩あけるだけよ」

ラウールはせわしなく荷物を詰めている彼女に近づいた。「ひと晩にしては服が多すぎるんじゃないか？」

彼女はばたんとスーツケースを閉じて鍵《かぎ》をかけた。「わたしのことにはおかまいなく」

「シェリー、今夜は家にいてくれないか」

「もう計画を変えるには遅すぎるの」シェリーは彼の頬を軽くたたいた。「でも大丈夫よ。あなたが寂しくなる前に戻ってくるわよ。約束する」彼女はそう言うとくすくす笑った。

「戻ってきてからあなたのしたい話をたっぷりすればいいでしょ？」

「どうしても出ていかせないと言ったら？」

彼女の明るい態度が怒りに変わった。「どうして一日中ここでじっとあなたが帰るのを待ってなきゃいけないのよ？　退屈なの、わからない？　あなたのおかたい友達のご機嫌とるのにはもう死ぬほどうんざりしたわ。あなたのお上品なお母さまにあれこれけちをつけられるのも我慢ならない、ダニエルがあなたやお母さまの陰で縮こまっているのを見るのもうんざりよ。わたしはまだ若いのよ、こんな墓場みたいなところに生き埋めにされてたまるものですか。わたしは楽しめるかぎり楽しみたいの、だから今もそうするつもりよ。わたしをとめることなんかできないわ」

彼女はスーツケースとバッグをつかむと部屋を飛びだした。ばたんとドアが閉まった。あとを追うこともできた。でも追いかけてどうなる？　ふたりの結婚生活はもうばらばらになってしまった。言い争うことばかり。かつて互いに感じていたはずの愛はもうどこかに消えてしまった。

翌朝目を覚ましたとき、彼にはどうしたらいいかわかっていた。彼女が強く出るならこちらも応じよう。ぼくの名声に傷をつけてやろうというのがどこまで本気なのか見てやろう。

彼は離婚の相談をするため弁護士に会いに行った。

そして事故のあと、彼女のベッドの横に座って、彼は考えた。この事故でふたりの間が変わることはない。彼女が意識を取りもどせば、憎しみもよみがえってくるはずだ。離婚が一番現実的な解決法だ。離婚を選べばかなり金がかかるだろう。けれども気持ちに値札はつけられない。今の自分が求めているものはただ、平穏だ、と。

けれども運命は違う方向に定められていた。目を覚ましたシェリーは、ぼくのこともふたりの結婚生活のことも忘れていた。

ふたりで最後に話したときの彼女の精神状態や口論について、セラピストからからずいぶん細かくきかれた。そして彼女が自殺を試みたと思うか、ともきかれた。

どんな面から考えてみても、彼にはノーという答えしか出てこなかった。出ていくときの彼女はそれほど動揺していたわけではない。むしろ断固とした態度だった。それに、彼女が死にたいと思う理由がない。彼女は望むものをすべて持っていた。ほかの女性なら夫とふたりの健康な子供で満足するかもしれないが、シェリーは贅沢《ぜいたく》すぎるほどの金を自分のために使っていた。そして、第三の理由だ。シェリーが自分の美しさを損なうようなことをするはずがない。この世から消えようと思ったとしても、彼女なら死んでも美しいままでいられる方法を選んだはずだ。

違う。あれはほんとうに事故だったんだ。いつものようにすごいスピードを出して、ハンドルを切りそこねたんだ。そのうえ、いつものように彼女はシートベルトを締めていなかった。けれども皮肉なことに、そのいつもの過失のせいで彼女の命は救われた。

奥さんは今まであなたが言っていた女性とはかなり違った行動をとるだろう、と今日ルクレールは言っていた。

ラウールは彼女が記憶喪失を装っていることを証明できると思っていた。けれども検査の結果、完全にその予想がはずれていることがわかった。彼女はフランスに来てからのことをまったく覚えていない。それだけでなく、モデルをやっていて、ニューヨークに住んでいたことも、あちこち旅行したことも覚えていない。呼び覚ますことができたただひとつの記憶は、ダラスでの子供時代だった。しかもその記憶すら完全ではない。ルクレールは、シェリーのいささか面食らうような新しい態度についての推理も教えてくれた。彼女は一度死んだも同然だ。今彼女は二度目のチャンスを与えられたのだ、というのだ。

自分がシェリーとやりなおすチャンスを望んでいるのかどうか、ラウールにはわからなかった。医師たちがなにを言おうと、彼女はやはりかつてと同じ人間だ。ぼくの家庭と人生にひどい苦しみを引き起こした人間なのだ。彼女が家に戻ってきて、みんながまた苦しめられることがないように祈るしかない。

うとうとしながら思いをめぐらせているうち、ラウールはようやく深い、疲れきった眠りに落ちた。

翌朝目覚めたとき、シェリーはなにか予感のようなものを感じた。さっと見まわしてここがいつもの病室だとわかると、なんだかほっとした気分になる。しかしそれから、今日この病院を出なくてはいけないことを思いだした。

あと何時間かしたら、今のわたしを安心させてくれるものすべてを、ここに置いていかなくてはならない。ひとりでここを出ていくのではないと思っても、その悲しみは和らがなかった。ラウールはわたしにとって他人と同じ――あの冷たさ、よそよそしさに、理由もわからないまま罪の意識を感じてしまう。でも準備しないわけにはいかない。ラウールが家と呼ぶ場所へ行き、覚えていない人たちに会う準備を。

自分がひどく頼りない感じがした。もっと自分に自信が持てたら。モデルの経験がなにか役に立つはず。妻としてはだめだったかもしれないけれど、モデルとしてはすごく成功したらしいもの。

彼女はさっとシャワーを浴び、ラウールが持ってきたドレスに着替えた。鏡の中の自分を眺めるうちに、意識を取りもどしてからの変化に気がついた。頬はそれほどやつれて見えないし、瞳には健康的な光があり、肌はちょっと日焼けして元気そうに見える。シルクのような肌が鮮やかな赤毛と緑の目を引きたてている。

病室に戻ると、ラウールが窓辺で外を見ていた。

「まあ！　入ってきたのに気づかなかったわ。声をかけてくれればよかったのに」

彼はポケットに両手を入れたまま、ゆっくりとふりかえった。視線が彼女の頭の先から足の先まで見定めるように動いていく。その瞳からは心の中が少しもわからない。

「早く着いてしまったんだ」彼は低い声で答えた。木彫りの人形のように、無表情な顔で。

シェリーは暗い気持ちになった。そんなに冷たくされるようなにをしたのかわからないけれど、償いをする機会を与えてと訴えたくなった。そうでなければ、このままひとりでどこかに行かせてほしい。わたしを受けいれてくれるところに行かせてほしい。

もちろん、そんなことはひと言も口に出さなかった。話してどうなるというのだろう？

彼女はベッドに近づくと、かばんに最後の荷物を詰めた。「わたしはいつでも出られるわ」

自分の声が彼と同じくらい冷たく落ちついて聞こえることに、彼女は満足した。

「疲れてるみたいだね」

彼の言葉にシェリーはびっくりした。

「昨夜はちゃんと眠れたかい？」そう言うと彼女の横からかばんを取りあげた。

「あんまり。ここを離れると思うと落ちつかないの」

ラウールは片方の眉をあげた。「なぜ？」

彼に不安な気持ちを知られたくなかった。でもわかってくれるかもしれない。「ここに慣れてきたから。病院での生活しか、今のわたしには思いだせるものがないんだもの」

ふたりはベッドの横に立っていた。手を伸ばせばふれられるくらいの距離に。ラウールはなにかを探すかのように彼女の顔を見つめた。眉間《みけん》にかすかにしわが刻まれている。

「事故にあってきみはすごく変わるかもしれないと先生から言われたが、どういうことなのかわかってきたよ」

「なんのことかよくわからないわ」

「きみのことはもう長い間知っているけど、きみが不安になったり自信をなくしたりするのは見たことがない。もし不安な気持ちでいたとしても、きみは絶対にそれを認めようとはしない人だった」

その声はまだ冷たかったが、口調はこれまでより柔らかかった。なんだかとまどっているようだ。これまで見たこともなかった面を見せられて、わけがわからないというように。

シェリーは思わず彼の手をとった。

「ラウール、もしもわたしたちが……いえ、つまりその、今のわたしにはなにもかもすごく奇妙に思えるの。ほかの人のからだの中で目覚めたような、誰かほかの人の人生を生きようとしてるみたいな感じなの。もっと困るのは、みんなの言うわたしという人間を知れば知るほど、わたしはその人が嫌いになっていくこと」

シェリーは重ねたふたりの手を見おろし、それから彼の目を見た。彼はいぶかしむように目を細めている。彼女は勇気をなくしかけたが、今の自分がどれほどつらいか彼にわかってもらう努力をしなくてはと思いなおした。

「あなたが昨日言ったように、わたしのしたことがあなたやあなたの家族を苦しめたのなら、さかのぼってその行いを取り消すことができるなら、わたし喜んでそうしたいわ。忘れられたらいいってあなたは言ってたけど、わたしはあなたが忘れられずにいることを思いだせない。わたしたち、そのことを受けいれなくてはいけないと思うの。たいへんな要求をしているのはわかってるわ。でもわたしが記憶を取りもどすまで一緒にやっていかなくてはならないのなら、わたしたちふたりとも過去を捨てなくてはいけないのよ。たとえ今だけでも」

シェリーは彼の言葉を待った。ラウールはなにも言わなかったが、彼女の言葉を考えているようだった。彼女はわずかな希望を抱きながら、気持ちをすべて話してしまおうと決心した。

「あなたにお願いしたいの……もう一度やりなおすことができるかしら……今出会ったばかりの気持ちになることができるかしら？　あの夜わたしが目を開けたら、あなたがベッドのそばに立っていた。そこから始めることはできない？」

声がふるえはじめて、シェリーは話すのをやめた。これほど感情的になってしまうのがいやだった。けれどもこんなにぴりぴりしたままではこれからやっていけない。

ラウールは結んだふたりの手をずっと見ている。信じられない光景を見るような目で。

張りつめたような沈黙が続いたあと、彼はそっと手を引きぬき、彼女のかばんを下に置くと、窓のほうへ歩いていった。彼の顔が見えなくなった。

彼は背を向けたまま言った。「休戦協定を結ぼうと言うのなら、できるかぎり善意として受けとめよう。確かにきみは意識を取りもどしてからずいぶん変わったように思える。でも、ぼくたちの間のことは、なにも起こらなかったふりができるほど小さなものじゃない。ただ、過去が現在に影響を与えないように努力はするよ」

シェリーは巨大な手に胸をつかまれたように息ができなくなった。顔は見えないけれど、ラウールの声には苦痛がにじんでいた。彼のこわばった背中を見つめ、仮面の下にある男の顔が初めて少しのぞけたような気がした。彼はひどく傷つけられたのだろう。誰がそれだけの苦痛を彼に与えたのかも、だいたいわかっている。

それだけつらい思いをさせられても、彼は事故のあとわたしの面倒をきちんと見てくれた。そして今もこうして一緒に家に戻り、わたしが完全に治るようにと気づかってくれている。

この人は強い信念を持っている。そして深い愛情を持っている。わたしに対してどんな気持ちでいるにしても、これ以上の重荷を背負わせまいと精いっぱいのことをしてくれている。

また重い沈黙が流れた。ラウールのため息が聞こえたと思うと、ふりかえった。その表情は落ちついていた。静かな声で彼は話しはじめた。

「きみがぼくの家にいる間は、ぼくの妻として、子供たちの母親として、ふさわしい女性として扱うようにしよう。早く記憶が戻るように、きみが疑問に思うことにはなんでも答えるようにするよ。それだけしかぼくには約束できない」

目の前に立っている彼は、銃口に立ちむかおうとするかのようだった——なにをも恐れない勇気と、まぎれもない威厳を備えた男。

「ありがとう、ラウール。わたしにはもったいないくらいの言葉だわ」

広々とした部屋の中で、彼は窓のそばに、彼女はベッドの横に立って、なにも言わずに和解を受けいれた。シェリーはふたりの間の緊張がいくらかとけたように感じた。自分をしばっていた鎖から解きはなたれたかのように、ラウールはベッドに近づくと彼女のかばんをふたたび取りあげた。

「さあ、もう行かないと。長い道のりだからね」


外に出たふたりを迎えた日の光に、シェリーは希望がふくらんでくるような気がした。ずっと消えない胸のしこりを和らげてくれる答えを、太陽が与えてくれるように思えた。

ラウールは銀色の豪華なセダンに近づくと、彼女のためにドアを開けた。彼女はため息をついて柔らかい革張りのシートに腰をおろし、機械的にシートベルトを締めた。彼は運転席に腰をおろす。

病院の構内から、田舎道に出ていく。帰途に質問に答えると彼が言っていたのを思いだし、シェリーは尋ねた。「子供たちには事故のことをどんなふうに話したの？　わたしが子供たちを覚えていないってことを言ったの？」

「事故にあったことは話した。記憶がないことは言っていない。必要以上に子供たちを怯《おび》えさせることはないとぼくたちは考えたんだ」

「ぼくたち？」

「ママンとダニエルだ」

一緒に住んでいる彼の母親と妹。わたしはほとんど子供たちをかまわなかったとルクレール先生は言っていた。「お母さまとダニエルがイベットとジュールの世話をしてくれてるの？」

「もちろんできるだけ子供たちと一緒にいるようにしてくれてるよ。でもフルタイムの乳母《ナニー》を雇っている。ルイーズという女性だ」

「どんな人？」

「すごく優秀だ。評判がいいから来てもらったんだ」

ラウールはサングラスをかけているので、表情は隠れていた。シェリーは彼の横顔を見つめた。

「わたしがききたかったのは……」彼女は口をつぐみ、適当な言い方を探した。「その人はどんな感じの人なの？　優しい？　よく笑う？　一緒に遊んでくれてる？　子供を抱いて愛情を注いでくれる？」

ラウールは眉をひそめてちらっと彼女を見た。「ルイーズはまじめに仕事をしてるよ。子供たちはきちんとしつけられてる――礼儀正しくて素直だ」

彼女はため息をつき、背筋を伸ばした。なにを期待してたの？　ほかの女性に子供を預けておいて、どんなしつけられ方をしても文句は言えない。少なくとも、子供たちは優しく元気がいいかもしれない。母親のかわりになる家族に囲まれて。

彼女はそうであることを祈った。そしてこれからは、今まで一緒にいられなかったぶんまで、できるかぎり子供たちと過ごそうと思った。

「家に着く前に、わたしたちの関係について少し聞かせてほしいの」シェリーは少しかたい声で言った。「わたしたちは最後の晩にけんかしたそうね。それにあなたはわたしの友達を気に入らないみたい」彼女はまっすぐ前を見ていた。並んで座っているのがありがたい。彼を見なくてもすむから。

口を開いたラウールの声にもこわばった調子が感じられた。「ぼくたちの関係を第三者から聞かせることになって悪かった。セラピストとあんな話をしたくはなかったけど、きみの過去についての情報が必要なのはわかってたから」

「ええ、あなたは話したがらなかったってルクレール先生も言ってたわ」彼女はそう言うと口を閉じ、彼が答えるのを待った。

しばらく黙って走ってから、ラウールは咳《せき》払いをして話しはじめた。「過去のことは話しにくい。ぼくが真実を言っているかどうか、きみにはわからないんだから」

シェリーは思わず彼の肩にふれた。「わたしも最初のうちはそう思ったの。でも今はあなたのことが少しわかってきたような気がする。あなたはほんとうのことを話してくれるって信じられるの。うすうすわかってるわ、わたしはあんまり自慢できるようなことをしてなかったらしいって。ほんとうのことがわかれば安心できると思うの」

「ぼくが愛して結婚した女性は、ふたり目の子供がおなかにいる間に別の人間になってしまった。この二年間ぼくは他人と暮らしていたんだよ。ぼくたちの家にはいろいろ問題が起きていた」

「じゃあわたしたちのけんかは珍しいことじゃなかったのね?」

「ああ。きみは気まぐれで予測がつかなかった。笑っているかと思えば、次の瞬間には誰かに突っかかっていた」彼は首の後ろをさすった。「でも、家をひと晩あけたのはあれが初めてだった」

「わたしが出ていこうとしてたのを知ってたの?」

「ああ。きみが荷物をまとめているのを見たからね。きみは翌日には帰ると言った。でもかなり大きいスーツケースだったからおかしいと思ったんだ。でもそれを尋ねてもきみは答えようとしなかった。ぼくが行かないでくれと言っても、耳を貸さなかった。きみが戻ってきたら話しあおうと思っていたんだ。ところがそこへ、警察から事故の知らせが来た」

「わたしは行き先を言っていったの？」

「いや」

「出かける理由は？」

「それも言わなかったよ」

ふたりの間に落ちた沈黙を、シェリーはあえて破ろうとしなかった。とにかく彼との関係について少しわかってきた。ただ残念ながら、わたしがそんなことをした理由を教えてくれる人はいない。

それから一時間近くたってから、ようやくシェリーは言った。「わたしのしたことについてはなんの説明もできないわ。前に言ったことをくりかえすしかない。あなたの生活をめちゃめちゃにしてごめんなさい。ずっとルクレール先生から言われたことを考えていたの——これは二度目のチャンスだって」

彼が視線を向けた。「どういう意味だい？」

「この事故は、神さまがわたしの間違いに気づかせようとして起こしたのかもしれない。

人生を見つめなおして、変えるべきところを変えるチャンスをくれたのかもしれない」彼女は外の風景にちょっと目をやり、それから続けた。「わたしたちはもう一度やりなおすチャンスを与えられたのかもしれない。見知らぬ同士として、お互いをわかりあえるように」

ラウールはそっけなく答えた。「見知らぬ同士というのはちょっと難しいかもしれないな。子供がふたりいることを考えると」

その言葉の裏の意味に気づき、彼女は頰が熱くなった。「わかってるわ……ただ、理性ではあなたとわたしにこれまでの生活があったことはわかるんだけれど、今のわたしには、あなたと人生を、ベッドをともにしてきたなんてなかなか受けいれられないの。つい最近出会ったような気がするんだもの」

「ベッドの心配はしなくていい。ジュールが生まれるちょっと前から、きみは自分のベッドルームを持っているんだよ」

「まあ」

「今の状況では、そういう意味で夫婦でいられるとは思えない。このことについては、もっと早く安心させてあげるべきだったね。きみがほんとうにぼくたちの間のことを覚えていないんだってことを、どうもつい忘れてしまうんだ」彼は腕時計に目をやった。「ちょっと休んだほうがいいな。一時間くらいしたら昼食を食べに寄ろう。きみは疲れやすくなってるから、あまり無理をさせないようにって医者から言われてる」

つまりもう質問の時間は終わりということね、と彼女は心の中で思った。ある程度は予想していたが、結婚生活がほんとうにそれほどひどいものだったとわかるとやはり気持ちが沈んだ。

なぜこれほど悲しいのだろう。だがその理由はわかっていた。わたしは今日、自分がラウール・デュボアを好きなことに気づいたから。だから彼に、自分がそれほどひどい人間と思われているのが悲しかった。思われても不思議はないとわかってはいても。

シートを倒し、彼女は目を閉じた。眠りは今、彼女にとって、立ちむかうことに疲れたときの避難場所だった。眠れば、ほんの少しの間でも、人生から逃れることができる。

しばらくしてラウールに起こされた。まわりを見て彼女はびっくりした。風景がまるで変わっている。どうやらかなりの時間眠っていたらしい。

どこかの村はずれに来ていた。もう一〇〇年も変わっていないような景色。彼女はひとつも見落とすまいというようにあちこちに目を向けた。小さな店、狭い通り、満開の花……すべてが目を引きつける。「まあ、なんてすてきなところなの」

ラウールは横道に入って車をとめた。彼はいつものように丁重にドアを開けて彼女を車からおろすと、一緒に小さな屋外のカフェへ歩いていった。

ウエイターが立ち去ると、シェリーは身を乗りだして言った。「ちょっと教えてもらえるかしら」ラウールはサングラスをかけたままなので、シェリーには彼の目の表情がわからなかった。

「できるかぎり」

「わたしたちがどんなふうに出会ったのか話して。最初どうして惹《ひ》かれあったのか知りたいの。知らないことが多すぎるんですもの」

彼はほかの人の話をするかのように事務的な口調で言った。「きみはモデルで、クルーとリビエラへ撮影に来ていた。やはり仕事で行っていたぼくは、海岸で出会って話をした。きみは着いたばかりで、ぼくは次の日に発《た》つことになっていた」ウエイターが料理を運んできた。食事をしながらラウールは話を続けた。「結局ぼくは一週間滞在をのばした。ほんとは仕事で戻らなきゃいけなかったんだが。ぼくは毎日きみと会い、きみが仕事をするのを見ていた」彼は表情を和らげ、声を低めた。「きみはすばらしかった。どうしたら自分が男の夢のすべてを備えた女性に見えるか、よくわかっていた」そして現在に頭を切りかえようとするように肩をすくめ、かたい声で言った。「今でもそうだ」

突然の辛辣《しんらつ》な口調に、彼女は驚いた。「どういう意味?」

「きみは記憶喪失になってとまどう女性をとてもうまく演じている。かつてぼくが愛した女性をみごとに演じているよ。ぼくは彼女がもう存在しないと思っていた。彼女はぼくの心の中にしか生きていないとあきらめるようになっていたんだ」彼はワイングラスを持ちあげると、軽くかかげてから飲みほした。「きみはまったくすばらしい才能の持ち主だ。そうやってぼくたちを陥れるのさ」

「ラウール、わたしはなにもしていないわ」シェリーは必死に言った。彼の顔にまたあの冷たい表情が現れたのが悲しかった。

「わかってる」彼は言った。「もう第二の天性になってるんだからね」

彼がそれ以上なにも言わないので、シェリーのほうから尋ねた。「結婚するまでどのくらいつきあったの?」

彼の皮肉な答えが矢のように彼女の胸を刺した。「ぼくへの愛に比べたらキャリアなどなんの意味もないと、きみがぼくを説きふせるまでさ。きみが撮影を終えてニューヨークに戻ると、ぼくも家に戻った。ぼくは冷静になって論理的に考えようとした……でも電話せずにいられなかった。ぼくたちはそれから何度も話しあったよ。ぼくはきみを求めていたけれど、ぼくたちがまるで違う経歴と文化の中で育ってきたことはわかっていた」ラウールは椅子にもたれて腕組みをした。「きみはずっと家庭が欲しかったと言った。女手ひとつで育ててくれた母親は自分を養っていくのにひどく苦労した。ぼくやぼくの家族と一緒に城に住めたら夢がかなうと言って、ついにぼくを説きふせた」彼のほほ笑みにはユーモアのかけらもなかった。「ぼくは納得することにした」彼は肩をすくめた。「そして……

ぼくたちは結婚した」

「そしてわたしは、それからあなたの人生をめちゃくちゃにしはじめた。そういうことみたいね」

ラウールは思いがけない答えに驚いたように彼女を見た。「最初はそうじゃなかった」しばらくしてやっと言った。「きみは城に夢中になっていたからね。ハリウッド映画から抜けだしてきたみたいだと言ってたよ。お城に住む王女さまになったようだとね」

自分が感じたことと同じだと思い、彼女はなにも言えなかった。わからないのは、なぜラウールとの生活に対する気持ちが変わったのかということ。

それを知るには、住みなれた環境で記憶がよみがえるのを願って、城に戻るしかない。

5

どのくらい走ったのだろう。ラウールはスピードをゆるめると、古い石造りの門を抜けていった。シェリーは背を伸ばしてまわりを眺め、無理とは思いながらもなにかが見つかることを祈った。なんでもいい……見覚えがあるものがどこかにないだろうか。

曲がりくねる道を走っていくと小高い丘に出た。その丘をのぼりきると、息をのむほどのすばらしい光景が現れた。

きちんと手入れされた植木に囲まれ、年老いながらも愛されてきた貴婦人のように城が立っている。その心地よい高みから、時の流れを見つめつづけてきたように。

「なんてきれいなの……ほんとうに、とっても美しいわ」彼女は圧倒されて息を詰まらせた。

「ああ」ラウールはそっけなく答えた。けれどその表情は、自分の家に強い愛情を抱いていることを物語っている。

どうしてこんなにすてきな場所を忘れてしまったの？　どうしてここで六年間過ごしな

がら、出ていく気になれるの？　彼女はつい自分の思いをはっきりと声に出していた。

「わたし、ここに来たのは初めてだわ」

「覚えていないってことだろう」ラウールが訂正した。

「いいえ。こんなに印象的ですばらしい場所を忘れるはずがないってことよ」

彼はなにも言わずにまた車のスピードをあげた。二〇分近くそのまま走ってから城の前に着いた。ラウールは車をおりると助手席のドアを開けた。それから一緒に階段をのぼり、玄関のドアを開けて彼女を先に通した。

二階まで吹き抜けになったロビーに足を踏みいれると、シェリーは凝った装飾を施したドーム型の天井から螺旋《らせん》階段へと視線をおろしていった。すると二階の廊下から見おろしている緑の目にぶつかった。

シェリーは二階で縮こまっている少女を見つめたまま、そろそろと階段に近づいていった。そしてにっこりほほ笑むと優しく声をかけた。「あなた、イベットね？」

子供は手すりから少しずつ離れていく。その目はますます大きく見開かれていった。シェリーはうろたえてラウールのほうを見た。彼は制服を着た女性と話をしている。シェリーがもう一度二階をふりかえると、もう子供の姿は消えていた。

彼女はふっとつらい気持ちになった。間違いだったのだろうか？　それとも自分の母親が帰ってきたのを子供が喜んでいないということ？

「奥さま、お戻りになられてよかったですわ」

後ろで声がしてシェリーはふりむいた。声をかけたのはラウールの横にいる使用人らしい女性だった。

「ちょうど皆さまもお茶の時間です」

さあこのときが来た、そうシェリーは思った。ラウールが彼女の手をとって広間の奥の部屋へと連れていく。彼女はバルコニーにいた幼い少女に一瞬通じあうものを感じていた。少女は寂しそうだった。今のわたしの気持ちと同じ――孤独で、自分が迎えいれられるかどうか不安に思っている。

導かれた部屋はフォーマルなサロンで、ずいぶん昔の、もっと優雅な時代のものらしかった。家具ひとつひとつが芸術作品みたい。シェリーはまわりの雰囲気にのまれそうだった。

でも、なんとなくこの部屋は、疲れた者を安心させて迎えいれてくれるような、ずっと変わらない穏やかな雰囲気を持っている。

「ああ、そこにいたのか」

ラウールの声に、シェリーは初めて自分たち以外にも人がいるのに気づいた。ふたりの女性が椅子に腰かけていた。ラウールが声をかけるとふたりとも立ちあがった。

ラウールと女性たちのつながりは見れば明らかだった。三人とも同じようにしっかりした骨格で、鼻や目の形が似ている。年配の女性のほうは、高価そうな黒のシルクの服を着ている。白髪まじりの黒髪は後ろでこぎれいにまとめられていた。誇り高く顔をあげ、まばたきもせずにシェリーを見つめている。

若いほうの女性も黒い服を着ていた。彼女がダニエルだろう。しかし母親のほうは黒が印象的に映るのに、若い彼女は黒を着ると肌がくすんで見えた。二〇代後半から三〇歳くらいだろうか。彼女は三つ編みにした髪を冠のように頭に巻きつけていた。化粧もせず着飾ろうともしないので、なめらかな肌なのに老けて見える。彼女もなにも言わずにシェリーを見ていた。

「すぐお茶が来るよ」ラウールはふたりに言い、シェリーにラブチェアの片方に座るよう手ぶりで示した。

急に膝ががくがくしてきたシェリーは、緊張がみんなに知られてしまう前に座れるのがありがたかった。

「道中はいかがでした?」義母がラウールしかいないかのように言う。

「これといって、特には」

シェリーはなにをしたらいいのか、なにを言ったらいいのかわからずに膝の上で手を組みあわせていた。目をあげるとダニエルが好奇心に満ちた目で見ている。しかし目が合うと彼女はすぐに視線をそらした。

沈黙が重たく部屋にたれこめているようだった。

「子供たちはどうしてる?」誰も話したがらない様子を察してラウールが言った。

シェリーが部屋に入ってから初めて、ダニエルが生気らしきものを見せた。「とっても元気よ。今日は午前中ほとんど一緒にいたの。散歩に行ったとき言っておいたわ」彼女はさっとシェリーのほうに目をやり、すぐにそらした。「——あなたたちのママが今日帰ってくるって」

ふたたび部屋が沈黙で満たされた。家に戻った今、病院にいたときよりもシェリーは孤独を感じていた。ふたりの女性の敵意を感じても、どうしたらいいのかまるでわからない。まわりの世界からひとりだけ切りはなされてしまったような気がした。

紅茶が来たおかげで部屋の空気が少し和らいだ。ラウールは相変わらずなにも変わったことなどないかのように話を続け、義母とダニエルもリラックスして彼に答えるようになった。シェリーは透明人間のような気分でラウールを眺めていた。

誰も直接わたしに話しかけようとしない。会話に引きいれようともしない。いつも家族からこんなふうな扱いを受けていたのだとしたら、昔の友達に頼るようになったのもわかる。

子供たちが乳母《ナニー》と一緒に現れたとき、彼女は緊張するよりもむしろほっとした。

「ああ、ルイーズ」ラウールは立ちあがり、戸口に立っている三人のほうへ向かった。彼は若い金髪女性が抱いていた子供を受けとった。シェリーはじっとそれを見ていた。女性の後ろに小さな少女が立って、恥ずかしそうにのぞいている。さっき見た緑の目、とまどったような表情。シェリーは胸がつかえた。

「こんにちは、イベット」シェリーはそっと言った。それから手を出す。「いらっしゃい」

幼さには似合わないような威厳を漂わせ、イベットはシェリーのほうに歩いてきた。表情豊かな瞳だけが心の中を語っている。ラウールはジュールを抱いてイベットのあとに続いた。

イベットがそばに来ると、シェリーはその小さなからだを抱きしめた。娘のかたい背中が手に感じられる。イベットは逃げようとはしなかったが、自分から両手をまわそうともしなかった。

シェリーはイベットから手をはなし、懸命に手ぶりを交えて父親に片言で話しかけているジュールを見あげた。「抱いてもいい?」彼女はそう言って両手を差しだした。ラウールが近づいて渡そうとしたが、ジュールは父親にしがみついてべそをかきはじめた。

ラウールがシェリーの目を見た。「無理強いしないほうがいいだろう」彼は低い声で言った。「そのうちきみにも慣れないといけないけどね」

その言葉が耳に鳴り響いた。自分の以前の行動の結果を正面から受けいれようとふりしぼった勇気がしぼんでいく。こみあげてくる涙を、もうとめることができない。彼女は顔をそむけて涙を隠し、喉のつかえをこらえて言った。「わかったわ」

かわいそうだと思ったのか、ラウールは彼女の隣に並んで腰をおろした。ジュールはまだ父親の首にしがみついている。

まばたきをして涙を抑えたとき、イベットがじっと自分を見ているのに気づいた。シェリーは弱々しい笑みを浮かべた。「ジュールは人見知りするの?」

イベットは首をふった。

「あなたは恥ずかしがり屋さん?」

イベットはちょっと首をかしげた。そのしぐさがラウールを思いおこさせる。「ときどき」

「今もそのときどきの中に入るの?」

イベットはその質問には答えずに言った。「ママ、変わったわ」

その言葉がこだまのように部屋中に響きわたった。大人はみんな凍りついたようになった。

「わたしが?　どんなふうに?」

イベットはまたじっとシェリーを見つめた。「わからないけど、でも変わったわ」

ラウールが優しくイベットの額の髪をかきあげた。「ママはずっと病気だっただろ?

でも今はよくなった。だからおうちに帰ってこられたんだ」それからジュールを見おろす。

ジュールは父親の首にしがみつくのをやめ、父親そっくりの黒い瞳でシェリーを見つめていた。「ママにご挨拶《あいさつ》は、ジュール?」

ジュールはまたぱっとラウールのシャツに顔をうずめた。

ダニエルが口をはさむ。「子供たちを庭に連れていきましょうか?」

「ぼくが連れていく」ラウールは立ちあがった。それからシェリーを見おろした。「ちょっと休んだらどうかな。ダニエルが部屋に案内してくれるよ」

「お部屋がわからないの?」イベットが鋭く聞きつけて言った。

最初からごまかすのはいや。シェリーはすぐ心を決めた。娘にはほんとうのことを言いたい。「あのね、イベット」彼女は両手で彼女の手をとった。「わたしは頭をひどく打ったのよ、ほら」と、髪をあげて剃《そ》られた部分を見せる。「それから前のことがはっきり思いだせなくなってしまったの。きちんと覚えていないのよ」

「あたしのことは覚えてる?」

まあ、どうしよう! この小さな子供に嘘《うそ》をつきたくなかった。シェリーは卵形のかわいい顔をそっと包みこんで言った。「あなたみたいに大切な人のことをどうして忘れられて?」

イベットの真剣な目はシェリーの心の中までのぞきこみそうだった。しかしすぐに彼女はにこっと笑い、両手でシェリーの首に抱きついた。「ママ、帰ってきてくれてうれしいわ」そう言ってから、急に恥ずかしくなったかのようにさっと離れた。

「わたしもよ」シェリーはようやく言った。

シェリーは、ラウールが片手で小さな少女の手を引き、片手で軽々と男の子を抱いて出ていく姿を見送った。とてもうちとけた、親密な感じ。ふたたび彼女は、家族からひとり切りはなされているような孤独感を覚えた。

「とても感動的だこと」ラウールが行ってしまうと、義母が口を開いた。「あなたは女優になったほうがよかったんじゃないのかしら。なにも知らなかったら、わたしだってあなたがほんとうに子供たちに会いたかったんだと信じるところですよ」

「ママン」ダニエルが頬を赤くして小声でいさめる。

「わかってますよ。彼女がここにいることは認めるってラウールに言いましたからね」まるでシェリーがこの場にいないかのように言う。「残念ながら、わたしはあなたが手玉にとってきた男どもほど簡単にだまされませんから」

シェリーは目を見開いた。「すみません、なんのことでしょう?」

「あなたが今やってることよ、なにもかも忘れたふりをして。確かにお上手だけれど」

「ママン」ダニエルがまた言った。「お願いだからやめて。そんなこと言ったところで――」

「わかってます。もう帰ってきてるんですものね」彼女はシェリーのほうをふりかえった。

「あなたは頭がいいし、生き残る能力もたいしたものだわ。ラウールが離婚しようとしているのをどうしてこんなに早く探りだしたのか、とても想像がつかないわ。こうなれば、すぐには離婚もできないものね」

「離婚?」シェリーは細い声でくりかえした。息ができなくなりそうだった。

「知らないふりなんかしないでちょうだい。ほんとうにやることが早いこと。ラウールが書類にサインしないうちにわざと事故を起こして、ひとりではなにもできないようなふりをして」

シェリーは膝がひどくがくがくして、からだを支えられなくなりそうだった。「離婚だなんてちっとも知らなかった」

「まあよく言うこと」

「わたしはなにもごまかしていません。わたしは今日初めてここに来たんです。あなたとダニエルにも初めて会いました」早くこの人たちから離れたい。彼女は足がちゃんと自分のからだを支えてくれることを祈りながらドアに向かった。

「そのうち化けの皮がはがれますよ」後ろから義母の声が追いかけてきた。「そしてここから出ていくのよ、わたしたちの生活から消えるのよ」

シェリーはふりむかずにロビーに出たが、階段のところまで来るともう膝がもたなかった。彼女は手すりをつかんでもたれかかり、深く息をついた。だがすぐ後ろからダニエルの声がしたので、自分だけだと思っていた彼女はびっくりした。

「ごめんなさいね、ママンったらずけずけものを言って。ずっとたいへんだったものだから。みんなたいへんだったのよ」

シェリーはからだを起こし、気力だけで階段をのぼっていった。「言いたいことはなんでも言っていいのよ」彼女は答えた。「ここは彼女の家なんですもの」ダニエルが見つめているのがわかったが、階段をちゃんと見ていないと踏みはずしそうだった。

「イベットの言うとおりね。あなたは変わった」

シェリーはちょっと肩をすくめた。「わたしにはわからないわ」今はとにかく、倒れないうちに横になりたい。ようやく階段の上まで来ると、彼女は手すりをつかんで息を整えた。

「お部屋はこの廊下の向こうよ」一緒にのぼってきたダニエルが言う。

シェリーは深く息を吸いこみ、あとに従った。

ダニエルがドアを開けてくれた。「わたしたちはすごくラウールが好きなの。彼ひとりにいろいろなことがふりかかって、なにもしてあげられずにいるのはすごくつらかったわ」

シェリーはドアの前で足をとめ、義妹を見つめた。そばで見ると、彼女が自分とそれほど年が変わらないことがわかった。黒い瞳とつややかな肌。とても魅力的になれそうなのに。どうしてこんな暗い色の服を着て、こんなに地味なヘアスタイルをしているのかしら。

「案内していただいてありがとう」シェリーは静かに言った。

「夕食は八時よ。たいてい七時半にはみんなサロンに集まるわ」

「ありがとう」ドアを閉めるとシェリーはそのまま寄りかかった。くたくたになっていた。

目の前の部屋は金と白で統一され、ところどころ紺色の装飾が施されている。ここも古い時代を思いおこさせる。重厚な家具が置かれているのに、部屋はまったく小さく感じられない。片側には天蓋《てんがい》とカーテンとベッドスプレッドの色を合わせた大きなベッドが置かれ、その正面に暖炉がある。床から天井まで届く窓からは、日の光がさんさんと差しこんでいた。彼女は絨毯《じゅうたん》を踏みしめながら窓に近づき、こんもりと茂る木々に囲まれた王朝式の庭園を見おろした。

泉の横の石のベンチにラウールが座っているのが見えた。イベットは彼の横でベンチに肘をつき、その手に顎を乗せて、一心に彼の話を聞いている。ジュールはラウールの膝の上に立っていた。

シェリーは流れおちる涙をとめようともしなかった。ずっとこの日に賭《か》けていたのに。ルクレール先生も家に戻れば記憶が呼びおこされるはずだと言っていたのに。

なにひとつ見覚えのあるものはない。

義母の怒りがこれほど激しいとは思っていなかった。嘘つきだと非難されるなんて思っていなかった。それ以上にショックだったのは、ラウールが離婚するつもりでいたということだ。

見つけたとたんに失うことになる家族。それ以上見ていられず、彼女は窓から顔をそむけた。ずっとわたしは自分の家庭が持ちたいと思っていた。ジャニーヌともよくその話を――。

ジャニーヌ?

急に胸がどきどきしてきた。またこの名前。子供のころの友達だろうと先生は言っていた。そうかもしれない。でも、今でも友達かもしれない。

シェリーは目を閉じてジャニーヌをもっとはっきり思いうかべようとした。でも頭がずきずきしてくるだけ。

なぜこういう記憶だけがいきなり浮かんでくるのだろう。ほかのことをどんなに思いだそうとしても思いだせないのに。

今のままでは耐えられない。せめてラウールが離婚しようと思った理由だけでも思いだせたら。もちろん驚くようなことではないはず。部屋は別々だし、生活も別々になっていたのだから。わたしにとってここでの暮らしは楽しくなかったらしい。

そう、離婚が一番いい解決法なのかもしれない。問題は、そのあとどこへ行けばいいのか、なにをしたらいいのかがわからないこと。記憶がはっきりしないのだから。きっとラウールは家に戻ったらわたしがふいにすべてを思いだし、理性的に話しあえるかもしれないと、ここに来るまで離婚の話を持ちださなかったのだろう。

夕食のときみんなとちゃんと顔を合わせられるだろうか。でもほかにどうしようもない。今はとにかく休んでいよう。

下着だけになるとシェリーはベッドにすべりこみ、冷たく不可解な世界から逃げだした。

6

シェリーは薄暗がりの中で目を覚ました。一瞬どこにいるのか、なぜここにいるのかわからなかった。広く心地よいベッドは、この何週間かの間にすっかり慣れていた病院のベッドとはまるで違う。彼女はじっと横になったまま、天井が高く優雅な家具が置かれた大きな部屋に視線を泳がせた。

眠り姫が一〇〇年目に目を覚ましたときも、こんな気分がしたんじゃないかしら。なにもかもなじみのないものに思える。

しかしすぐに家に戻ってきたことを思いだした。ここはラウールの城。わたしは二階に来て横になって……思いだしたわ。

よく時計が見えるように片肘をついた。七時を少しまわっている。急がないと、夕食に遅れてしまう。

元気が出てきたようだし、たびたび悩まされた頭痛も起こりそうにない。下へおりる前にシャワーを浴びて着替える時間くらいはありそうだ。

だが起きあがったときに気がついた。この部屋にバスルームがついているのだろうか。向こうの壁にふたつドアがある。ひとつはバスルームかもしれない。

そうっとベッドから出る。片方のドアを開けてみると、そこはバスルームではなくて別のベッドルームだった。カーテンは引かれていたが、誰かがベッドで寝ているのはわかった。おかしいわね。こんな時間にほかにも寝ている人がいるなんて、誰だろう。

相手が動いたので彼女はびくっとした。そしてそのとき気がついた。昼と夜を間違えたんだわ。夜じゃなくて、もう朝の七時……そして、ベッドで眠っているのは、ラウール。

シーツが少し乱れている。彼が裸でいるのに気づいて彼女はどきりとした。シーツの端がわずかにからだを隠しているだけで、腰や筋肉質の長い足があらわになっている。

磁石に引きつけられるように、シェリーはそっとベッドのそばに近づいていった。眠っている彼は口元からも額からもしわが消え、ずっと若く見える。額に黒髪がかかって少年のようだった。思わずその髪を払ってやりたくなって、彼女の手はうずいた。

シェリーはその衝動をこらえたが、彼のからだをじっと眺めた。自分が知っているはずのからだ。もし記憶がありさえすれば。

よく焼けた肌。腰のあたりの白い部分だけがもとの肌の色らしいけれど、それでもわたしの肌より黒い。きれいに焼けた彼の肌はなめらかだった。もしもわたしが――。

いきなり手が伸びてきたと思うと、ラウールがシェリーの肩をつかんでベッドのほうへ引きよせた。彼女はベッドの上に崩れおちた。わたしが見ていたのに気づいていたの? けれども謝ろうとしたとき、まつげに縁取られた彼の目がほとんど閉じたままなのに気がついた。彼はまだ目が覚めたわけではないらしい。

彼は言葉にならない声で満足げになにかつぶやくと、両手を彼女に巻きつけ、しっかりと彼女を抱きよせた。それからすぐにからだをまわして上になると、腿を彼女の脚の間にすべりこませた。

「寂しかった」彼はシェリーの首筋にささやいた。唇が彼女のうなじを軽くこする。

シェリーの心臓は激しく鳴り響いた。ラウールは彼女の胸を包み、レースにおおわれた先端を親指でそっとなでた。ぴったり押しつけられた彼のからだに、欲望の印がはっきり感じられた。

突然、シェリーのからだは息を吹きかえしたように激しく反応しはじめた。いつのまにか彼女は両手でしっかりと彼を抱きしめ、指が彼の広い背中を味わっていた。

頭がまるで働かなくなっていた。感覚だけが彼女を動かしている。からだ中を電気が走りぬけていくような感じがした。

ラウールはなにかつぶやきながらゆっくりと顔を動かして、やがて彼女の唇を探りあてた。しびれるくらいに激しいキスはシェリーを完全にとりこにしてしまった。どうにかして彼をとめなければ。

しかも困ったことに、シェリーは彼をとめたくなかった。今はいや。彼が冷たくてよそよそしいなんてどうして思ったりしたのだろう？　もうベッドのシーツは焼け焦げるばかりに熱くなっているはず。

ラウールはそっと彼女の唇を開かせて舌をすべりこませると、ゆっくりと探りはじめた。彼女も思わずからだを押しつけていた。からだの中で燃えだした炎に包まれてしまったような気がした。もっと彼を引きよせ、激しく炎の中心へと近づけたかった。

そのときふいに彼が身をこわばらせてぱっと頭をあげ、ぞっとしたような表情で彼女を見おろした。彼の瞳がはっきりと見開かれ、初めて見るかのように彼女を見つめている。忌まわしいものに出会ったかのように彼はさっとシェリーから離れ、ベッドの端に寄ると彼女に背を向けた。

「いったいなんのつもりだ！」彼はぎりぎりと歯を食いしばりながらなじるように言った。

「あ、あの……」いきなり彼の様子が変わったので、彼女はきちんと考えることができなかった。

「まだぼくを自由に動かせると思ったのか！　どんなにぼくを誘惑したってもう無駄だ、なにも変わりはしないさ。なにも」

彼はわたしがわざと部屋に忍びこんできたと思っている……。彼の言葉は、ついさっきまでの燃える思いをきれいに消してしまった。「違うわ、わたしはそんな……わたしはただ……」

ラウールはシーツをからだに巻きつけ、ふりむいて彼女を見た。その視線が彼女のからだを上から下まで軽蔑《けいべつ》するように眺める。「家に戻ったのがよかったらしいね。きみは記憶を取りもどして、自分の力でぼくからすべてを奪うことができると思ったわけだ」

彼の目がシェリーの胸でとまった。彼女はあわてて両手で胸をおおい、彼の冷たい視線から逃れようとした。

彼女が首をふると、髪が肩や顔のまわりにこぼれ落ちた。「ごめんなさい。言い訳しようがないわね。でもわたし、目が覚めて、バスルームがどこなのかわからなくて、ドアを開けたら――」彼女はうつむいた。このまま姿を消してしまうことができたら。こんなに恥ずかしい思いをしたのは初めて。

ラウールはなにも言わず、少しも動かなかった。シェリーは彼の顔を見ることができなかった。裸同然の下着姿のまま立ちあがって出ていく勇気もなかった。

彼がようやく口を開いた。疲れたような声だった。「きみが謝ることはないんだ。ぼくは夢を見ていて、きみが夢の一部だと思った。それだけだ」

シェリーはちょっと目をあげた。彼はまたあの無表情な顔に戻っている。なにも読みとれない顔。彼女はじっと彼の目だけを見つめた。彼のからだを見たくなかった。ほんのわずか前にあれだけ刺激的だったからだを。

「でもあなたの言うとおりだわ。こんなふうにあなたのプライバシーを犯していいはずがないんだもの」

彼は立ちあがった。シーツだけしか身にまとっていないのに、堂々とした威厳に満ちていた。彼は頭でドアのほうを指した。「バスルームは共用だ。そこから行けるよ」

勇気と威厳をふりしぼり、彼の示したドアに向かっていく以外なかった。ドアを開けたとき、彼が言った。「なにか見覚えのあるものがあったかい?」

彼を思いだせないまま愛しあうところだったのを思い、シェリーは顔から火が出そうだった。彼女は声が出せずにただ首をふり、後ろ手にドアを閉めた。

バスルームは最近造られたものらしかった。取りつけてあるものがみな現代的で、とても豪華だ。ふたりで悠々と入れそうなバスタブ、ガラス張りの大きなシャワールーム、洗面台がふたつついた大理石の広いカウンター。

ラウールとベッドをともにしなくなっても、ふたりでバスルームを使うことはあったのかも。

そっと指で唇にふれると、熱いキスのぬくもりがまだ残っているような気がした。舌先で唇をなぞってみる。自分の上にあったからだの感触を思いだすと、思わずからだがふるえた。

彼女は首をふってその記憶を、自分の反応を忘れようとした。だがシャワーを浴びているときもひどく肌が敏感だった。彼のからだがぴったり押しつけられたときの感触がどうしても頭から離れない。彼と初めて会ったときもこんな感じがしたのだろうか。すっかり力が抜けておどおどして、彼に愛されるのはどんなだろうと想像して。

彼と出会ってからすぐにベッドをともにしたのかもしれないとシェリーは思った。セックスがすばらしかったから、彼のためにキャリアを捨てる気になったのかしら。だとしたら、どうしてそんなに冷えた気持ちになってしまったの？

シャワーを浴び、厚い大きなタオルでからだをふくと、彼女は自分の部屋に戻った。このドアがバスルームだとすれば、残るひとつはきっとクロゼットだろう。そのドアを開けると、ウォークイン・クロゼットになっていた。二列にずらりと服が並んでいる。奥の壁には何段もの棚がしつらえてあり、あらゆる色と形の靴がぎっしり詰まっていた。

ひと目で高価なものとわかる服やアクセサリー、しかもその膨大な量に、シェリーは驚いた。誰だってこんなにたくさんはいらないだろう。次世紀になるまでもうなにも買う必要がなさそう。

シェリーは服をかきわけてシンプルなものを探した。けれども広いクロゼットの中を全部見渡しても、そんな服はなかった。

どの服も着る人が目立つようなデザインだった。昨日着たゆったりとしたワンピースは、彼女の持っている服の中では一番おとなしいものだったらしい。シェリーは眉をひそめた。

まさか同じものを毎日着るわけにもいかない。

仕方なく一枚をつかんで身につけた。格好よりもなにか食べたい気持ちのほうが強かった。しっかり目が覚めた今は、昨夜の食事を抜いてしまったことを胃が教えてくれていた。

髪をどうにかしようとドレッサーの前に座る。この数週間でようやくこの髪の色にも慣れ、ふと鏡を見てぎょっとすることもなくなった。髪をブラシでとかし、慣れた手つきでまとめて後ろで束ねる。顔のまわりに少し髪がこぼれた。

軽く口紅を塗ると、新たな一日に立ちむかう勇気がわいたような気がした。

シェリーは廊下を抜け、階段をおりるとまわりを見渡した。こんな家でどうやってキッチンを見つければいいのだろう。

お城にラウールに子供たち、頑固な女主人。心の奥にはどうしても消せない思いがある。いつか目を覚ましたらダラスに戻っているのではないか、実は夜中に映画を見ていて眠ってしまっただけで、寝過ごして、学校に遅れそうになって――。

学校に遅れるですって？

一〇代の少女たちでいっぱいの教室がまた頭に浮かんだ。その光景はなにを意味しているのだろう。黒板になにか書いてある、わたしの字だ。フランス語の動詞の活用形。

わたしはフランス語を教えていたの？

シェリーはそっと笑みを浮かべた。現実とは思えないけれど、少なくとも筋は通る。フランス語を教えていたのなら話せるはずだし、理解もできるだろう。看護師のしゃべっていた生粋のフランス語に感心したのも不思議じゃない。

ようやく自分探しが少し進んだような気がして、シェリーはまたキッチンを探して歩いていった。

最初にのぞいた部屋は書斎のようだった。がっかりしてドアを閉じると、後ろで声がした。

「おはようございます、奥さま。今朝はずいぶんお早いんですね」

シェリーはほっとして使用人に向かってほほ笑みかけた。「昨夜寝過ごして夕食を抜いてしまったの。コーヒーを飲みたいんだけれど」

「どうぞ。もうダイニングルームに朝食の用意をしてありますわ」

「そのダイニングルームがどこなのかわからないの。こんなこと言うとへんに聞こえるでしょうけれど」

「いいえ、奥さま。ムッシュー・デュボアから奥さまが頭にけがをなさったことは聞いておりますから」

彼はどんなふうに話したのだろう、とシェリーは思った。彼女の口調からすると、頭のけがのせいで脳みそも大部分なくなってしまったと思っているみたい。まあ似たようなものかもしれないけれど。わたしの記憶は、完全に消えてはいないにしても、ぐらぐらになってしまっている。

彼女は年配の使用人のあとについてドアを抜け、別の廊下を歩いていった。地図でも作らないと、どこにも行けなくなりそう。

ダイニングルームにも博物館にあるような家具が置かれ、趣味のいい高価な調度がそなえられていた。

コーヒーを求めてやってきたのはシェリーが最初ではなかった。ダニエルがこちらに背を向け、サイドボードの前に立っていた。彼女がついでいる熱い液体の香りがシェリーを誘いこんだ。

ダニエルはベージュのシャツドレスを着ている。また彼女の肌を引きたてない色だわ。

シェリーはダニエルがコーヒーポットを置くのを待ってから声をかけた。「おはようございます」

ダニエルがはっとしてふりかえり、目を見開いてシェリーを見た。

シェリーは思わず、自分の後ろで殺し屋が斧《おの》をふりかざしているのではないかとちらっと目をやった。「どうかしたの？」

ダニエルは真っ赤になった。「あ、いいえ。ただその、あなたがこんなに早く起きるのは珍しいから」

シェリーはにっこりとダニエルに笑いかけると、サイドボードに並べられたおいしそうな食べ物のほうを指した。「昨夜寝過ごしてしまって食事できなかったから、今朝はおなかがすいて目が覚めたの」彼女はテーブルに近づいた。クロワッサンとブリオッシュに、フルーツジュースとコーヒーが置かれている。「ああ、おいしそう」彼女は山盛りにとると、香りをいっぱいに吸いこみながらコーヒーをつぎ、ダニエルと向かいあわせに腰をおろした。

「あなたがぐっすり眠ってるから起こさなかったたってラウールが言ってたわ」シェリーの言葉を皮肉と思ったのか、ダニエルは言い訳するように言った。

「そうでしょうね。まるで目が覚めなかったもの」

ダニエルはもうなにも言わずに自分の皿を見おろしていた。

シェリーもダニエルにならった。静かにしているほうが気楽だった。でもダニエルのほうは落ちつかないらしく、ちらちらシェリーのほうを見ながらも、すぐ目をそらせて視線を合わせないようにしている。だがダニエルにかける言葉も思いつかなかったので、シェリーは自分ひとりでいるかのように心の中で今日一日の計画をたてはじめた。

彼女が三杯目のコーヒーを飲んでいると、ダニエルがようやくまともに彼女のほうを見た。なんだか困ったような顔をしている。シェリーはダニエルの気分をほぐそうとほほ笑みかけた。

それで勇気が出たらしく、ダニエルはついに口を開いた。それでもその声は小さくためらいがちだった。「あなたがそんなふうに髪をまとめているのは初めて見たわ。そうしていると全然違って見える」

シェリーはうなじでまとめた髪にちょっと手をふれてみた。入院しているときも髪をまとめようとしてみたが、短くてきちんとまとめておけなかった。やっとどうにかまとまりがつくようになったけれど、それでもまだ少し髪がこぼれる。「こうしてると楽なの。でもあなたの言うとおりだわ。ヘアスタイルによって感じがすごく変わってくるものよね」

ダニエルの顔がまた赤くなった。自分のヘアスタイルのことを言われたと思っているらしい。シェリーはうなり声を出しそうになった。何気なく言ったことなのに。でも説明しても誤解されるだけね。

シェリーは構わないでおくことにしてまたコーヒーを口に運んだ。しばらく沈黙が続いたあとダニエルがまた口を開いたので、シェリーは正直なところ驚いた。

「ラウールから昨夜聞いたけれど、あなたは記憶を取りもどすために毎日何時間もセラピーを受けていたんですってね」

ひどく小さな声だったので、シェリーは耳をすまさなければならなかった。「ええ」シェリーはできるだけ明るい声を出し、内気な義妹を促そうとした。自分が話題になるのはあまりうれしくはないけれど。

「なにも思いだせないの？」

シェリーはふいに大胆な気分になった。「実は記憶はあるんだけど、どうしてもつじつまが合わないの。わたしがシェリー・デュボアじゃないって証明できないかぎりは」

ダニエルは咳《せ》きこみながらカップを置いた。シェリーは笑って彼女を見ていた。ダニエルも小さな声をたてながら笑いかえした。

「冗談を言ってるのね？」ダニエルの目はおかしくてたまらないというように輝いている。

シェリーはダニエルの変わりように驚いた。何歳も若く見え、まるで少女のようだ。シェリーは自分の言葉でダニエルが変わったのがうれしかった。

ところがダニエルは急に笑みを消し、不安げな表情になった。「ごめんなさい。笑うつもりはなかったの」

「いいのよ。こんなときにあんなこと言うなんておかしいでしょう」気持ちとは裏腹にシェリーは明るく手をふった。「好きなだけ笑ってくださいな」

ダニエルはいかにもとまどった表情を浮かべて首をふった。「ただ、あなた本人がシェリーじゃないと思うなんて信じられないの。そのヘアスタイルやお化粧もしないところはほんとに変わったけれど、顔や姿は隠しようがないわ。あなたに姉妹がいるならまだわかるけど、そうでなければ……」彼女はだんだんと声を細め、かわりにまたとまどった表情を浮かべた。「シェリーじゃないと思うなら、誰だと思ってるの？」

シェリーはちょっとの間、どう言ったらいいのか考えた。ダニエルのよそよそしさがいくらか消えてきたのはうれしい。シェリーはちょっとからかってみようと、わざと深刻な口調で言った。「テキサス州ダラスの教師」

ダニエルにもユーモアは伝わったらしい。ダニエルはくすくす笑いだした。こらえようと口を抑えたが、笑い声はどんどん大きくなる。

シェリーも笑いだした。それからちょっと息をついでつけくわえた。「なにを教えていたかもわかってるの——フランス語よ！」そのとたんふたりはまた笑いだした。

ようやく笑いがおさまったころにラウールが入ってきた。驚いたような、当惑したような顔をしている。今朝はもう彼に会いたくないと思っていたのに。

彼は首をふりふりサイドボードに向かった。「自分の耳が信じられないね。廊下を歩いていて、お客さんでも来てるのかと思った。ふたりとも、まるで学生が内緒話をしながら笑ってるみたいだったよ」

ラウールがいつもよりくつろいだ感じなのでシェリーはうれしくなった。彼は妹が楽しそうなのを見て喜んでいるのだろう。だが、シェリーをふりかえったときの顔にはとまどいが浮かんでいた。ダニエルとわたしが以前どんな関係だったのか知らないけれど、今朝のわたしはずいぶん違う態度をとっているのに違いない。

記憶がないことで、過去から解放されるかもしれない。病院で目覚めて以来初めてシェリーはそのことに気がついた。好きなようにふるまえばいいのだ。どっちにしろなにも変わりはしないのだから。ラウールは既に離婚を考えている。ふたりの間になんの未来もないとはっきりしているのなら、彼の機嫌を損ねないように頑張る必要はないじゃない？

「失礼していいかしら」シェリーはさっとラウールに目をやりながらダニエルに言った。「子供たちの様子を見てきたいの」

ふたりがなにも答えないでいるうちに、シェリーはダイニングルームを出た。爆弾を落としておいて、爆発する前に逃げるような感じだった。

7

子供たちがいる部屋を見つけるにはまた城を探検しなくてはならなかった。けれども二階にあがって耳をすませると、すぐに子供たちの声が聞こえてきた。

ドアをノックする。彼女がやってきたのを見て、ルイーズもイベットもひどく驚いたようだった。

イベットは小さなテーブルについて朝食を食べていた。ジュールは子供用の高い椅子に腰かけ、ルイーズに食べさせてもらっていたらしい。

ルイーズが先に口を開いた。「おはようございます、奥さま。なにかご用でしょうか?」

礼儀正しいこと。子供たちのいいお手本になるだろう。でもどうしてこんなに冷たい態度をとらなきゃいけないの?　目上の人にだけこうなのかしら。子供たちにとってはもう少し優しく親しみやすい人であってほしいとシェリーは心から願った。「子供たちに会いに来たの」ほかに言葉が見つからない。

ルイーズはかすかに眉をひそめた。「申し訳ありませんが、まだ食事中なんです。もう少しあとで――」

シェリーはほほ笑んだ。「あら、わたしも食べさせるの手伝うわ」そう言うとルイーズの横をすりぬけてイベットの前に腰かける。

イベットは目を丸くしてふたりの話を聞いていたが、シェリーが腰かけるとすぐにシリアルの皿へ視線を落とした。

「おはよう」

イベットは濃いまつげの下からちらっと目を向けた。「おはようございます」

「よく眠れた？」

イベットはルイーズを見てからうなずいた。

ジュールがスプーンでトレイをたたきながらなにかもごもご言いだした。シェリーはにっこり笑った。「落ちつかないのね。食べさせてあげましょうか？」

ジュールはからだを揺らしてきゃっきゃっと笑い、スプーンをふる。シェリーがおどけながら食べさせてやっていると、イベットもくすくす笑いだした。

いつのまにかルイーズは別の部屋に姿を消していた。シェリーは子供たちと三人だけになれた。食事を終えるころには、イベットもジュールも慣れてくれたようだった。

「いつもはどんなことをしているの？」

「着替えて、天気がよければ外へ行くの」イベットが答える。

「楽しそうね。服はどこ？」

イベットはひょいと椅子からおり、ルイーズが出ていったドアに向かった。シェリーはジュールの顔や手をぬぐってやると椅子からおろした。「まあ、大きいこと！　今にパパみたいに背が高くて強くなれるわよ」

ジュールはもう彼女を怖がらず、自分から抱きついてきた。彼女の頬をたたいたり、耳をいじったり、彼女にはまるでわからない彼だけの言葉で話しかけてくる。

シェリーはほほ笑み、息子の言うことがすべてわかるようなふりをしてうなずいた。この子はわたしの存在を受けいれはじめている。これからできるだけ一緒に過ごすようにすれば、この子の言葉も全部わかるようになるだろう。

シェリーはジュールを抱きしめ、ベビーパウダーや洗いたての服や柔らかい肌のにおいを吸いこんだ。胸が喜びで満たされるようだった。子供は大好き。若いころは冗談半分に子供を六人以上欲しいと言っていたくらい。でもそううまくはいかなかった。わたしは望みを捨てて――。

シェリーは我にかえった。どこからそんな考えがわいてきたのだろう。それ以上なにも頭に浮かばないので、彼女は肩をすくめて首をふった。今は記憶がないことなんか考えていられない。彼女は楽しい一日を計画していた。子供たちの生活を知り、ふたりの生活になくてはならない存在になるために。

ジュールの昼寝の時間まで外で一緒に遊び、それから昼食までイベットに本を読んでやることにした。イベットはお気に入りの本を持ってくると、目を輝かせてシェリーが読むのを聞いていた。

ルイーズと一緒に子供たちに昼食を食べさせてから、シェリーはふたりにキスをして、あとでまた来ると約束した。

一緒に過ごしたことで、シェリーに対する子供たちの態度が大きく変わった。子供たちの愛らしさに、彼女はこれまでの自分の人生にはなかった幸せを感じた。ようやくなにか価値のあることができたような満足感があった。

ジュールのおどけたしぐさを思いだしてひとりでほほ笑みながら、シェリーはダイニングルームに入っていった。そこにはダニエルと義母がいた。なるほどまた別のテストね、でもパスしてみせる。シェリーはふたりに会釈をすると椅子に腰かけ、ナプキンを膝に置いた。

それから義母のほうを向いて言った。「こんなことを言うとすごくへんに聞こえるでしょうけど、事情が事情なのでお尋ねしたいんです。わたしはあなたをどう呼べばいいのでしょう?」

義母は目を見開き、ちょっとの間シェリーを見つめていたが、それから威厳をこめてうなずいた。「わたしの名前はフェリシティです。もちろんラウールとダニエルは――」

「名前では呼ばないのですね」とシェリーはなめらかに続けた。この氷のように冷たい、明らかに無礼な女性を、絶対ママンとは呼ぶまい。「わたしはフェリシティと呼んでかまいませんか?」

シェリーの率直な言葉に驚き、彼女はちょっとためらっていたが、やがてうなずいた。

「ありがとうございます」シェリーはそれからダニエルのほうを見た。「あなたにお願いがあるんです」

ダニエルの顔を不安げな表情がよぎった。彼女が身構えるのがシェリーにもわかった。

「わたしに?」ダニエルはおずおずとくりかえした。

言い方が強すぎたのかしら。自信ありげな口調で緊張を隠そうとしたからね。ちょっとずつ進んでいかなくちゃ、とシェリーは自分を戒めた。一日ですべて変えられやしない。でも時間はたっぷりある。

シェリーはダニエルにほほ笑んだ。「ええ。町に行きたいんだけれど車がないの。それに今の状態では道に迷うに決まってるし。だから、あなたが少し時間のとれる日があったら、わたしを連れていってもらえるかしら」

また部外者の気分にさせられた。シェリーはダニエルとフェリシティが視線を交わすのを見ていた。それからフェリシティはフォークに目をやり、ダニエルはそうっとシェリーのほうをうかがった。

「わたしに連れていってほしいってこと?」ダニエルはゆっくりとくりかえした。シェリーの言葉を聞き間違えたとでもいうように。

シェリーは心の中でため息をついてうなずいた。「ちょっと欲しいものがあって。もちろん急がないわ」

ダニエルは部屋を見まわし、皿を見おろして、それからようやく答えた。「別に予定はないし、今日の午後でもいいわ――いいえ、もしあなたがよければということだけれど」

シェリーは無意識のうちにためていた息を吐きだした。「ああ、よかった。わたし忘れないようにリストを作っておくわ」それからふたりを交互に見ながら無難な話題を考えた。

「このお城はほんとにすてきですね。きっとご自慢でしょう」

ふたりは突然表情をこわばらせてシェリーから目をそらした。

まあ、たいへん。今度はなんなの? シェリーはちょっと待ったが、ふたりとも答えようとしないので、だんだんいらいらしてきた。「わたしはなにを言ったの? なにがいけなかったんですか?」

「あなたはよくここは牢獄《ろうごく》だとか墓場みたいだとか言ってたわ」

また来た。シェリーは軽く受けながそうとした。「頭を打って古い建築がわかるようになったのかしら」

そこへ昼食が運ばれてきて、三人はしばらく黙って食事をした。シェリーは耐えきれなくなりそうだったが、部屋から飛びだしたいという気持ちをようやくのことで抑えていた。

食事が終わったころにはシェリーはひどい頭痛を感じていた。無理もない。空気がぴんと張りつめていて、叫びだしたいくらいだった。誰も沈黙を破ろうとしないので、彼女は地雷が隠れていない話題を見つけようがなかった。

期待しすぎだったのね、とシェリーは心の中で言った。わたしがこの人たちを覚えていなくても、わたしのしたことが忘れられるわけじゃないんだもの。

彼女は自分の過去の行いを謝ってしまいたくなった。ふたりを安心させ、自分は変わったのだと言いたかった。けれどもそんなことをしても意味がない。ほんとうに変わったことを示さなくては。きっといつかわかってくれるだろう、わたしはすっかり変わったのだと。なぜ変わったかは謎《なぞ》だけれど。

果てしなく続いた食事を終えたとたん、ダニエルはナプキンを椅子のわきに置いてシェリーのほうを見た。「三〇分後にロビーで待ちあわせましょう。車をまわしておくわ」

外出についてはなにも言わなかったが、フェリシティの考えは明らかだった。わたしのことも、外出の動機も、疑っている。それでもシェリーには彼女を責めることができなかった。

この家にはわからないことが多すぎる。ききたいことがすごくたくさんあるけれど、どうしても口に出せない。

ラウールはみんなと一緒に食事をすることがあるのだろうか。夫の生活についてほとんど知らないなんてなんだか後ろめたい。今日彼の昼食は用意されていないようだから、あとで会ったときにきくしかない。

ラウールと一緒に過ごす時間はあまりないみたい。どう見てもラウールとわたしが親しいとは思えない。それでも彼は他人も同然なのだから気にならないはず。どうして今、結婚生活がうまくいっていたらいいのにとこれほど思うのだろう。今まで夫や家族を完全に無視していたみたいなのに。

答えのない質問がどんどん出てくる。頭の中で蜂《はち》がぶんぶん飛びまわっているようで、なにも考えられない。

しばらくどこかに出かけたほうがいい。この押しつぶされるような雰囲気の中にいるよりは、どこだってまし。

シェリーは二階に行き、必死に探したあげく、どうにか自分のスタイルに合う服を見つけた。着替えて時間を確かめると、そそくさと髪をとかし、ダニエルを待たせないように急いでおりていった。

ダニエルはシェリーがおりてくるのを見るとくるりと背を向け、シェリーのためにドアを少し開けて玄関を出ていった。出だしはあまりよくないけれど、少なくとも一緒に行くと言ってくれたのだから。まずそこからじゃない？

ダニエルは最新モデルのスポーツカーの中で待っていた。流れるようなラインと鮮やかなメタリック・カラーは、とても意外だった。彼女にはきっと隠れた部分がある。いつかその奥底にふれることができるかも――辛抱強くしていられれば。

「ハイ」シェリーは軽く声をかけ、助手席のドアを開けて乗りこんだ。「待たせちゃったかしら」そう言いながらシートベルトを締める。

ダニエルは首をふり、なにごとかつぶやきながら車を出した。

「すてきな車ね」

「ありがとう」

「ご自分で選んだの？」

ダニエルは目の隅でちらっとシェリーを見た。「わたしには似合わないでしょ？」

シェリーは心の中で一〇まで数え、ぐっとこらえて答えた。「わたしにはあなたの性格はよくわからないわ、ダニエル。今のわたしが後悔してるのは、会話をしようとしたことだけ」

ふたりはそれからずっと黙っていた。シェリーは自分から沈黙を破るつもりはなかった。外の田園風景を初めて見る景色のように楽しんでいた。

そのうちにやっとダニエルが口を開いた。「ごめんなさい。勘ぐりすぎだったわ。ただ……」そこまで言うと彼女は口をつぐんだ。

シェリーは待っていた。けれどダニエルがそれ以上なにも言わないので、思いきってそっと促した。「ただ……ただなんなの？」

ダニエルはただ首をふるだけだったが、シェリーがそれ以上聞きだそうとしないのを見ると、また口を開いた。「あなたの変わりようについていけないんだと思うの」

はあ。少しは先に進んだわね。「どんなふうに変わったのかしら」シェリーはさりげなく言った。

「前のあなたはいつもわたしを無視していたもの」

シェリーのどんな予想とも違う答えだった。「あなたを無視したですって？」彼女はゆっくりとくりかえした。「なぜ？」

ダニエルは道路を見つめたまま肩をすくめた。「あら、それはわかるわ。要するになにも共通点がないんだもの。あなたは有名なモデルで、わたしは……」言わなくても明らかだというようにまた彼女は言葉を詰まらせた。

シェリーは自分の新しい面を見せられていやな気分になった。「なんてひどい」恥ずかしくなって小さな声で言う。「モデルだって吹聴《ふいちょう》してまわって、妹を無視していたの？なんて失礼なことを！」

ダニエルはしばらく黙っていたがやがて言った。「わたしはそれを言いたかったの。あなたの今の反応はまるで違うって」

シェリーは窓ガラスにちらりと映った自分の顔を見て眉をひそめた。「ひょっとしたら頭を打ったときに常識が入ってきたのかしらね」彼女は自分がいらだたしかった。「わたしには、そろそろ常識がわかってもいいころとしか言えないわ！」

ダニエルはくすくす笑った。少しリラックスしてきたらしい。「正直言って、今のあなたのほうがずっとしゃべりやすいわ」

シェリーはヘッドレストに頭をもたせかけてため息をついた。「記憶が戻ったほうがいいのかどうかわからなくなってきたわ。自分がずっとフランス一の性悪女だったんだって思いだしてしまうとすれば」

ダニエルがまた笑いだし、やがてシェリーもそれに加わった。とにかくムードを和らげることができただけでもよかった。

ラウールが午後遅く帰ると、フェリシティがひとりでサロンにいて、刺繍《ししゅう》をやっていた。

「ただいま」彼は母親に近づいて軽く頬にキスをした。「ひとりきりでどうしたの？」と言いながらあたりを見まわす。「ダニエルは？」

フェリシティははなをすすった。「お昼にシェリーが車がないって不満を言って、ダニエルに車を出させていつもの買い物に行ったのよ」

ラウールは厳しい顔で口を結んだ。「明日車を買いに行くよ。ダニエルが運転手のかわりをすることはない」

「わたしもそう言ったのよ、でもダニエルがどういう子か知ってるでしょう。いつでもみんなを喜ばせようとして、結局いいように使われてしまうんだわ。シェリーが車をだめにしたのは彼女の責任なんだからと言ったのに」

ラウールはベルを鳴らしてお茶を命じると、いつものウイングチェアに腰かけた。「朝食のときはすごく気が合ってるようだったけど。正直、今朝は笑い声が聞こえてびっくりした」

「でもお昼のときは笑ってませんでしたよ」フェリシティは不満げに言った。

トレイが運ばれてくると、ラウールは二個のカップに紅茶をつぎ、また腰をおろした。

「シェリーが午前中どうしてたかききましたか」

フェリシティは怒りに目を光らせてカップから顔をあげた。「きく必要もありません、わかってるんですから。ずっと子供と一緒にいようとしたのよ」

ラウールは眉をあげた。「午前中ずっと?」

「そうですよ。子供たちの生活をまるで考えないで。あの子たちは外できゃあきゃあ騒いでましたよ。あの人は作法をまるでわかっていないのね。それどころか子供っぽいことをさせようとしてるみたい」

ラウールはカップで笑みを隠した。「別にそれが悪いとは思わないけど」

「悪いに決まってます。最後にそれで苦しむのは子供たちですよ。あの人は、本気であの子たちの生活の一部になりたがっていると思わせたいのよ。わたしにはお見通しですよ。過去を忘れたふりをして、あなたに離婚を思いとどまらせようとしているのよ。あなたにも過去を忘れさせようとしてるんです」

ラウールは母の言葉を考えて、やがて穏やかに答えた。「ぼくが離婚を考えているとシェリーに勘づかれていたら、ママンの言うこともわかります。でもあの事故以来、シェリーと離婚の話はしていないんです」

「すればいいのよ。あなたが決心したってことをわからせてやればいいでしょう。ようやくあなたも、このばかげた結婚生活から抜けだす気になったんだって」それから彼女はラウールを見ずに言った。「それに、離婚のことは昨日わたしが言いました。あの人、それほど驚いていなかったようよ」

ラウールは口元に運びかけたカップを途中でとめた。「離婚の話をしたんですか？」彼は声に感情を混ぜないようにつとめながら言った。

「ええ、しましたよ」フェリシティは悪びれた様子もなく答えた。「あなたはもう、あんなとんでもないことをされても黙ってはいないんだって、あの人にもわからせてやるべきなのよ」

ラウールは母親へのいらだちを顔に出すまいとした。シェリーのしたことがどれほどママンを傷つけたかはわかっている。でもシェリーとぼくのことに口を出す権利はないはずだ。それも今のような状況で。

ラウールは椅子のわきの小さなテーブルにカップを置いた。「ママン」彼は穏やかに言った。「ママンが彼女と話しあう必要はない。記憶を取りもどすまでは――」

フェリシティは不満げに息子を見た。「すぐに記憶を取りもどすとでも思うの？　無力で哀れな役を演じつづけるほうがあの人には有利に決まっているのに」

「ママン」ラウールは静かな口調を保とうとしながら言った。「記憶喪失のふりをするのに、あそこまで態度を変える必要はないでしょう」

「それはそうですよ、でもそのほうがみんなから信用されるし効果もあるはずだわ。あの人はね、望むものを得るためにどうしたらいいのかいつでもよくわかってるんですよ。あなたに逆らって家を出ていったとき、これであなたが関係を断とうとするに違いないってわかってたんですよ。それで事故に見せかけて、わざと頭を打って、記憶喪失のふりをして……」

彼が首をふったので、フェリシティは口をつぐんだ。「頭の傷は見せかけじゃないですよ。実際に傷を見たけれど、かなりひどいものだった。死んでも不思議はなかった。意識を取りもどしただけでもすごく幸運だったんです」ラウールはふたりのカップに紅茶をつぎ、それから続けた。「記憶喪失も嘘《うそ》ではないと思います。病院で目覚めたとき、彼女は自分がシェリー・デュボアだということを信じなかった。きみはシェリーだと言っても、彼女はずっと否定していたんです」

フェリシティは驚いて彼を見つめた。「どうしてそんなことを言うのかしら?」

「医者の話では、生死の境をさまよって昏睡《こんすい》状態になっている間に、現在の生活から逃れたいという深層心理がなんらかの影響を及ぼしたのだろうということです。夢が実際の生活よりも本物に思えるようになっているのだろうというのです」

フェリシティは不満げに鼻を鳴らし、刺繍針を布に刺した。「わたしにはばかげた話に思えますね」

「そうでしょうが、彼女の行動が変わったことを考えると、ほんとうに自分の生活を変えたいのかもしれない。子供たちと過ごすのも、ダニエルと一緒に出かけようと言ったのも、彼女が大切に思うものの種類がはっきり変わったということじゃないですか」

「どうやらあなたの気を引くことに成功したらしいわね」フェリシティは愚痴っぽく言った。

ラウールはまた冗談めかして答えた。「さあ、それはどうでしょう。ぼくはそれほど簡単に心を動かされませんよ」

「そのうちわかりますよ」

ラウールが帰ってきて一時間ほどしてから、玄関のドアが開く音がした。女性の笑い声でシェリーとダニエルだとわかった。ご機嫌らしい。がさがさと包みがすれあう音、それから買い物を二階に持っていくよう言いつけるダニエルの声が聞こえた。

ふたりが戸口に現れた。ラウールは立ちあがって迎えたが、フェリシティははっと息をのんだ。

「ダニエル！　いったいその髪はどうしたの！」刺繍布が膝をすべって床に落ちる。

ラウールがシェリーを見ると、彼女は申し訳なさそうな表情を浮かべていた。それから妹に目を移した彼は驚いた。これほどいきいきした妹を見るのは初めてだ。彼が近づいていくと、ダニエルは顔を赤くして、片手で頬を押さえた。

三つ編みが消えていた。彼女の髪は短く切られ、額や耳に軽くかかっている。短くすると髪の癖が出たのか、カールが顔立ちを柔らかく見せて快活な感じになった。妹は目が一番すてきだとラウールはいつも思っていたが、その目がますます引きたつようになった。きっと期待に輝いているせいだろう。

「気に入った？」ダニエルが恥ずかしそうに言う。

ラウールはちらりと母のほうを見た。娘の劇的な変化を見たショックからまだ立ちなおっていないようだ。ダニエルを安心させなくては。彼はにっこり笑って妹の手をとり、その手にキスをした。「とてもすてきだよ。イメージ・チェンジとはいいことを考えたね」

「あのね、今朝シェリーに言われて思いついたの」
「やっぱりそうね！」いきなりフェリシティが声をあげた。「誰かにやらされなければ、こんなことをあなたがするわけがないわ」
「まあ、違うわ！　やらされたんじゃないわ。わたしが言いだしたの。ヘアスタイルを変えてみたいと思ってるって言ったのよ。そしたら彼女が一緒に美容院に行ってくれて、ちょっと勇気を与えてくれたの。わたしにはこういうスタイルが合うって言ったのは美容師よ」ダニエルは後ろを向いてみせた。カットがきれいな頭の形を引きたてている。「ほんとにいいと思う？」そう尋ねるダニエルの声にはちょっと不安げな響きがある。

ラウールはシェリーが少しも話に参加していないのに気づいてちらっと彼女のほうを見た。シェリーは黙ってそばに立ち、なにも口をはさまずに見ている。ラウールはまた妹に視線を戻し、握ったままの手に優しく力をこめて言った。「うん、思う。すごくいいと思うよ」彼はそれから少し離れてダニエルを上から下までぐるっと見渡した。「服も新しいみたいだね？」

ダニエルは真っ赤になった。「シェリーがたまたまウインドーで見つけて、わたしにいいんじゃないかって言ってくれたの」彼女は両手で珊瑚《さんご》色のドレスを示した。「別に急いでなかったから、お店に入って着てみたのよ」恥ずかしそうに笑う。「こういう感じの服は着たことがなかったの。スカート丈もいつも着ているものより短いし」とプリーツを持ちあげて広げてみせる。「ちょっと短すぎるかしら」

ラウールはほほ笑んだ。「そんなことないさ。きれいな足が見えて男はきっと喜ぶよ。シェリーの言うとおりだな。その色はすごくおまえに似合う。いい買い物をしたよ」彼はそれから椅子を示して言った。「ふたりとも一緒にどうだい？　お茶をおかわりしようとしてたんだ」

ラウールはふたりが腰をおろすのを待って、今度はシェリーに言った。

「町に行きたいのなら今朝ぼくに言ってほしかったね。ダニエルに無理を言うことはないだろう」

「まあ、シェリーはそんなことしないわ、ラウール！」ダニエルが口をはさんだ。「無理強いなんて。わたし今日は別に予定もなかったし、シェリーは……」困ったように口をつぐむ。

「なんの用だったんだ？」ラウールはいきなり尋ねた。彼女を疑っていることを隠そうともしない。

あきらめのため息をまじえてシェリーは言った。「今朝クロゼットを見たら、家で着られるようなカジュアルなものが一枚も見あたらなかったの。ちょっと庭仕事をしたかったのよ。イベットに言ったらすごく喜んで、一緒にやりたいって言ってたし。あの子にも着やすい服がなかったから、なにか探してきてイベットを驚かせようと思ったの」

「庭仕事？」フェリシティが細い声で言った。

シェリーはほほ笑んだ。「ええ。わたし、花の世話や庭の手入れをするのが好きなんです」それからふいに不安になった。「別に珍しくないでしょう？」自分を見つめている顔を見まわす。「庭いじりをしていたのは覚えています。それがすごく楽しかったのも。きっとわたし……」彼女は口をつぐんだ。なにかまた間違ったことをやったみたい。

フェリシティはなにも言わずにラウールを見た。彼は母親の表情を無視して腕時計に目をやった。

「そろそろルイーズが子供たちを連れてくる時間だ」

お茶が運ばれてきた。ラウールは深く腰かけ、三人の女性たちを黙って見守った。母親はまだダニエルの変わりように呆然《ぼうぜん》としているようだ。ダニエルは買い物のことを楽しそうにフェリシティに語っている。いつものおどおどした様子は消えていた。ラウールはゆっくりと妹を眺めた。ほんとうにおもしろいものだ。新しいヘアスタイルに明るい若々しい服、それで妹は何歳も若く見え、とても魅力的になった。

ダニエルの変化にシェリーの影響があったのは間違いない。今ダニエルが着ている服を見つけたのはシェリーだ。それを着る気にさせたのも。

以前のシェリーはダニエルを無視し、友達になる気もないようだった。彼もあえてシェリーの気持ちを変えさせようとはしなかったが、家族に敬意だけは示してほしいと頼んだ。

しかしシェリーはその頼みすらほとんど気にかけなかった。

それなのにこの親しげな様子はどういうことなんだ？　母の言うように、シェリーは家庭での立場を確かなものにしようとしているのか？

そのとき彼は、シェリーが彼女らしくない服を着ているのに気がついた。シンプルなシャツドレスにローヒール。髪は後ろにまとめ、こぼれた髪が顔を包んでいる。こうしているととても若く見える。無邪気なくらい。

ラウールがじっと見ていると、シェリーが彼のほうに目を向けた。彼女の変化に彼は目を見開いた。意識を取りもどしてから、こんなにいきいきとした彼女を見たことがあっただろうか。

ルイーズが子供たちを連れて部屋に入ってきた。ジュールはおぼつかない足取りでまっすぐシェリーに向かっていく。シェリーはうれしそうに笑いながらジュールを膝の上に抱きあげた。服がしわになることなど気にもしていないようだった。彼女が小さな声でなにか話しかけると、ジュールはきゃっきゃっと声をたてて笑った。

イベットはラウールの頬にキスをすると、すぐに母親と過ごした朝のことをうれしそうに話しはじめた。

これは現実ではないのでは。そんな気持ちがラウールの心の中にふいにわきあがってきた。彼は一瞬、シェリーの気持ちがわかったような気がした。目覚めると別世界に来てしまっていたような。

今目の前にある光景こそ、彼が家族に求めてきたものだった。ダニエルは若々しく満足そうで、シェリーは息子と遊び、イベットは母親と立てた計画をうれしげに語っている。

こうした変化に、ママンだけがわざと入りこまずにいるようだ。やはりとまどっているのだろう。シェリーはどうして家族をこんなに変えることができたのだろうか。ここに来てからわずか二四時間の間に。

なにが彼女をこれほどまでに変えたのだろうか？

そして、この変化がいつまで続くのだろうか？

8

一カ月近くがたとうとしていた。ラウールはワイナリーのオフィスで窓の外を眺めていた。手入れの行き届いたぶどう畑の長い列に目をやりながら、シェリーが戻ってきてから家に起きた変化を思う。城中にこだまする子供たちの声。ダニエルはある若者と出会い、その男が城で過ごす時間はどんどん長くなっている。ママンでさえ、昨日の夕食のときにシェリーをほめるようなことを口にした。

これほど幸せそうなシェリーを見るのは初めてだ。シェリーが幸せそうにしていることが、彼にはなにより不思議だった。失った記憶はまだ戻らないようだが、毎日楽しく過ごすだけで満足しているように見えた。ただ、彼に対しては、今でも距離を置いている。

あの最初の朝以来、彼女は決してぼくのベッドルームに入ってこようとしない。それどころか、できるだけぼくを避けようとしているように思える。

ラウールは彼女に新しい車を買ったときのことを思いだした。彼女は車などいらないと言ったが、家族がいつでも連れていけるわけではないと言うとようやく承知した。それでも高価なスポーツカーは欲しがらなかった。以前の彼女なら望んだはずなのに。彼女は子供たちを連れていくのに便利だとセダンを選んだ。

一週間もしないうちに気が変わるだろうとラウールは思っていた。ところが彼女はすっかり車が気に入ったらしく、ジュールとイベットのために子供用のシートまでとりつけた。シェリーは相変わらず一日のほとんどを子供たちと過ごしている。そのうちルイーズが、もう自分が世話をする必要はないのではと言ってきた。だがこの状態がいつまで続くのかわからないので、ラウールは彼女にまだいてほしい、もっと自分の時間を楽しめばいいと言った。

そして今日、自分自身の変化にも気がついた。いつどうしてこうなったのかはわからない。変化は少しずつ起きたから。弁護士が離婚のことで電話をかけてこなければ、今でも気づかないままだったろう。

彼はもう少し考えたいと答えてすぐに電話を切ってしまった。

実はもう離婚を望んでいない。それに気づいて、彼は自分でも驚いた。彼女に妻でいてほしい。

シェリーの派手で中身のない行動は、出会ったころに彼が抱いていた彼女への気持ちをすっかり消し去ってしまった。少なくとも彼はそう思っていた。けれどもあの事故以来彼女には、そういう行動はまるで見られない。死の淵《ふち》をかすめたときの恐怖が彼女を大人にさせ、自分に与えられたものを大事にしようという気持ちを起こさせたのだろうか。

ラウールは困った事実に気づいた——ぼくはふたたび、自分の結婚した女性を愛しはじめている。結婚して六年もたつ相手をどうやってくどけというのだ？　また自分のベッドに戻ってきてほしいとどう説得すればいい？　彼女がほんとうに変わったことを信じるようになったとどう認めればいいのだ？

早くどうにかしなくては。ふたりの関係を考えなおさなくては。最初にふたりが惹《ひ》かれあった気持ちに戻らなくては。

彼は窓辺から離れ、机の上の電話に手を伸ばした。初めてのデート相手に電話をかけるうぶな少年のようで、自分がひどくいらだたしかった。


シェリーは腰をおろすと手袋をはめた手で額をぬぐった。麦わら帽子のすぐ下に汗がたまっている。イベットは四つん這《ば》いになり、夢中で雑草を抜いている。ジュールはおもちゃの車のために土で山や谷を作っていた。

シェリーはその光景にほほ笑んだ。すっかり腕白な子供みたい。この家に戻ってきたときは、ふたりとも磨きあげられた大人のミニチュアのようだったのに。

子供たちが変わってよかった。ルイーズからも子供たちがとても幸せそうだと言ってもらえたのはうれしかった。最近ではシェリーが子供たちと一緒でもルイーズはいやな顔をしない。

ルイーズは半日の休みを週に二日とるようになった。シェリーが喜んで子供の世話をするからだ。毎晩シェリーが本を読んでやるので、子供たちにとってはベッドに入るのも楽しい時間になっているようだとルイーズは言ってくれた。

子供たちが毎日いい空気を吸って十分運動するように、また新鮮なミルクと野菜をたっぷり食べるように、シェリーは気を配った。そして母親の抱擁とキスを十分に与えてあげるように。

夏の日差しで子供たちはきれいに焼けていた。シェリーはお風呂も子供たちと入るようになった。寝る前に本を読んであげる時間と同じくらい、お風呂は一日のお気に入りのひとときになった。

今の生活はまるで夢のようだった。毎朝目覚めるとまだすばらしいベッドルームにいる。あわてて仕事に行かなくてもいい。大きな家の中のことは使用人がやってくれるし、食事も作ってくれる。お城に住むお姫さまのような気分だったけれど、こんなすばらしい夢がいつまでも続くはずがないのはわかっていた。彼女は毎朝目を覚ますとまわりを見渡し、夢がふいに消えていないことを確かめると、神にいつもの祈りを捧《ささ》げた。

この家の人と過ごせるのもこれが最後だというように彼女は一日一日を過ごしていた。フェリシティのこともようやく理解できるようになってきた。この人は年老いてみんなから必要とされなくなるのを恐れている。死ぬのを怖がっているのだ。

シェリーはダニエルと出かけるときフェリシティも一緒に行けるようにと考えた。ふたりは彼女を買い物や食事に誘い、また話し相手を求めているような同年配の女性と一緒になにか新しい趣味をはじめるように勧めた。

ダニエルの変化がシェリーにはうれしかった。ダニエルに必要だったのはちょっとした励ましと、自分で自分をもっと信じることだけだった。ダニエルは考え方も態度も変わった。変わったのはシェリーのおかげだとダニエルは言ってくれる。

ただラウールとの関係だけは変わっていない。礼儀正しくよそよそしい。夜ひとりでベッドに横たわっていると、ふたりのベッドルームをさえぎる壁が目についた。ふたりを隔てているのは、目に見える壁よりもずっと大きなものに違いない。

あの最初の朝、部屋にわたしがいると知ったときのラウールの反応は、ふたりの結婚生活に対する彼の気持ちをはっきり表していた。彼が自分のベッドにわたしがいると思うのは夢の中だけ……それもきっと悪夢の中ね。

この数週間に彼を観察する機会は十分にあった。これまでわたしに多くのものを与えながら、自分ではほとんどなにも求めようとしなかったラウール。

彼は遅くまで働いていても、子供たちや母親や妹のためには必ず時間を割く。けれども妻には警戒心が消えていないらしい。彼のよそよそしさがどうすればなくなるのか、シェリーにはわからなかった。

ほんとうにわたしは、彼の心の中に入っていきたいと思っているのだろうか。でも彼は、ひどく寂しそうに見えるときがある……。

ラウールをそっと見ているうちに、だんだん彼がわかってきた。彼を見れば見るほど、わたしの心は彼を求めるようになった。わかればわかるほど彼が好きになった。

恋心が募るにつれて、彼の望みどおりふたりの間に距離を置くことが彼にしてあげられる一番のことだと気づいた。そしてわたしは、彼に感じる愛情と感謝の気持ちを、彼の大切な人たちに注ぐようになった――子供たち、彼の母親、彼の妹に。

かすかな物音でシェリーは我にかえった。あたりを見まわすとダニエルが広い芝生をこちらにやってくる。

「ここだったの」ダニエルは笑いながら言った。「三人とも泥の中を転げまわってたみたいよ」

シェリーはほほ笑んだ。ダニエルは丈の短い流行のスタイルの服を着ている。ほっそりしたからだが引きたち、カールした髪もとても似合う。

「わたしたちを捜してたの？」シェリーは立ちあがってジーンズの膝を払った。

「ラウールが何度かあなたに電話してきたの。またかかってきたから、あなたを捜してかけなおさせるって言ったのよ」

シェリーは不安にかられた。「どうしたの？　なにかあったの？」

ダニエルは困ったような顔で彼女を見た。「そういうわけじゃないと思うわ。急いでる様子はなかったし。ただ、できれば夕方までに話をしたいんですって。あなたはどこか家の中にいるはずだって言っておいたわ、城を出るときには必ず行き先を言っていくからって」それから彼女はイベットを見おろして言った。「あなたはすばらしい庭師ね。このかわいいお花、みんなあなたが植えたの？」

イベットはこくりとうなずき、どんな花を植えたか説明をはじめた。

シェリーは泥だらけのジュールを抱きあげた。「ラウールに電話するのはすっかり泥を落としてからにしたいわね」

ダニエルは笑った。「いいわよ、わたしがジュールを――」

「とんでもない。あなたまで泥だらけになっちゃうわ。急な用事でないのなら、子供たちをお風呂に入れてから電話するわ」

子供たちを風呂に入れて寝かしつけると、シェリーは子供部屋からラウールに電話をかけた。「シェリーです。電話があったってダニエルから聞いて」

「どこにいたんだ？　何度も電話したんだよ」

シェリーは彼のいらだたしげな口調にむっとした。先に電話するべきだったかしら。

「ルイーズが午後お休みだったから、子供たちと庭にいたの。それでふたりをお風呂に入れてやってからでないとかけなおせなかったのよ。どうかしたの？」

「なんでもない。ただ今夜一緒に出かけないかってききたかっただけだ。ずっとふたりで過ごすことがなかったから、ちょっと外に行くのもいいだろうと思ってね。ディナーの予約を入れる前に確認しておきたかったんだよ」

「まあ！」シェリーはびっくりした。今まで一緒に過ごそうとしたことなどなかったのに。

「でも、わたし……あの……」

「ルイーズはいつ戻ってくる？」

「六時までには」

「よし。八時くらいに家を出ることにしよう、きみがそれでよければ」

シェリーの胸がどきどきしはじめた。ばかみたい、どうしたの？　彼と一緒にいる時間が少ないって思ってたところじゃない。今それを彼が変えようとしているのに、わたしったら少女みたい。

「わたしはかまわないわ、ラウール」彼女はやっとのことで言った。その声は自分の耳にもかすれて聞こえた。

「今日は早く帰るよ」

シェリーは電話を置くと子供たちの様子を見た。ふたりともぐっすり眠っている。彼女はしばらくそこに立って静かな時間を楽しんだが、やがてダニエルのところへ行った。

ダニエルを前にすると、シェリーはひどく恥ずかしくなった。「ラウールに電話したわ。今夜一緒に外で食事しないかって……」

「まあすてきじゃない。そんなこと思いつくなんて兄さんも気がきいたこと。このごろずっとワイナリーに住んでるみたいだったものね」

「わたし、あの……うれしいの。あんまり彼と顔を合わせていないし。それでお願いしたいんだけど、かわりに子供たちを見ていてくれるかしら。シャワーを浴びるから、なにかあっても聞こえないと思うの」

「いいですとも。たまっていた雑誌が何冊かあるの。子供部屋でそれを読んでるわ」ダニエルは雑誌を集めながら言った。「病院から戻ってきて、夜外出したこと一回もないんじゃない？」

「ええ、そうね」

「出かけたくならない？」

シェリーは笑った。「全然。昼間出かけたときに覚えていない人から話しかけられるだけで困ってるのに」

「でも今夜は大丈夫、ラウールが一緒だもの。彼もずっと働きすぎてたし、あなたたちどちらにとってもいいことよ」

庭仕事のあとはいつも簡単にシャワーを浴びるのだが、今日はシャワーのあとバスタブに湯を張り、凝ったからだをほぐすことにした。

胃のもやもやがおさまってくれたらいいのに。きっとわたしとラウールは何度となく夜を一緒に過ごしてきたのだろう。夫と妻だもの、自然なことじゃないの、とシェリーは自分に言いきかせた。

でもラウールとわたしの関係には自然なところなどひとつもない。ほとんど話もしないし、顔すらあまり合わせない。このバスルームを共有していることさえときどき信じられなくなる。わたしが起きるころにはいつも彼はシャワーをすませ、着替えて下におりている。朝食を食べに行くころには彼はオフィスへ出かけている。

シェリーは目を閉じ、肌をなでていく心地よい湯に身をゆだねた。ラウールのことをあれこれ考えるのはよそう。彼と一緒に過ごす機会を楽しむのよ。

知らぬ間にうとうとしていた。バスルームのドアが開く音に、彼女はびくっとして目を覚ました。そこにはラウールが立っていた。彼が突然現れたことにシェリーは驚いたが、彼女がバスルームにいたことに彼のほうもびっくりしたようだった。

「失礼、知らなくて――」

「ごめんなさい、わたし――」

ふたりは同時に口を開き、また口をつぐんだ。シェリーはさらに深くタブに身を沈めた。ジェット・バスのおかげで泡だらけなのがありがたい。

「ごめんなさい。すぐに出るわ」

「眠っちゃったみたい」彼女はやっと口を開いた。「ごめんなさい。すぐに出るわ」

ラウールは咳払《せき》いをした。「ごゆっくり。ぼくは別に急いでないから。ただ――」彼は言葉に詰まって首をふった。「ノックするべきだった」ようやくそう言うと、彼はドアを閉めた。

ドアが閉じると、シェリーはすぐにバスタブから出てタオルをつかんだ。ほんとうにばかみたい。ずっと彼を避けてきたのに、彼が帰ってくるとわかっていながら眠ってしまうなんて。

からだをふき、急いで自分の部屋に戻った。時計に目をやると、もう六時を過ぎている。どうして気をつけていなかったの？　わざとバスルームにいたと思われなかっただろうか？　昔のシェリーならやりそうなことに思える。彼女はぞっとした。彼に愛想をつかされなければいいけれど。

下着を身につけ、クロゼットで服を探す。今夜はできるだけすてきに装いたい。なぜなのか自分でもよくわからなかったが、最高の自分を見せたかった。自分が彼の妻だということをラウールに思いだしてほしかった。

胸の大きく開いたドレスを何枚も押しのけてから、彼女は満足げにため息をつき、瑠璃《るり》色のシフォンのドレスを引きだした。優雅なレースのついたそのドレスは胸あきが大きすぎず、袖《そで》は細くぴったりしている。ただ背中はウエストあたりまで開いている。

彼女はほほ笑んだ。このドレスはほかのものと違ったすばらしさがある。値札がまだついているところを見ると、これまで着たことがないらしい。ぴったりした身ごろには同じ色の小さなビーズがきらきらと輝いている。息をするたびに光が揺れる。

シェリーはドレッサーの前に腰かけ、手際よく化粧をすると、髪を頭の上で結わえて後ろに流した。

準備が整うと、世界に立ちむかう心構えができたような気がした。隣に通じるドアに軽くノックの音がして、彼女は鏡の前からふりかえった。

「どうぞ」

ラウールがドアを開けて入ってきた。その姿を目にした驚きを、彼女は必死に隠そうとした。フォーマルな格好をした彼を見るのは初めてだった。スーツはあつらえたものに違いない。彼のたくましいからだつきをみごとに引きたてている。

彼のほうもシェリーを見てびっくりしたようだった。「そのドレスは今まで見た覚えがないな」彼はゆっくりと言った。

彼はシェリーの後方を見ていた。鏡に映ったドレスの背中に気づいているのだろう。

「気に入らなかったら着替えるわ」

「ドレスはすてきだよ。ただ初めて見たというだけだ」

「見過ごしていたみたいなの。ほかのドレスに隠れていたのね」

「きみはとても――もちろん自分でわかっているだろうけど――とてもすてきだよ、シェリー」

彼女はほほ笑んだ。「ありがとう」

「どうしてかな、きみはモデルをしてたころとは違って見える」彼はそばに近づき、目を細めて彼女の顔をじっと見つめた。「化粧のせいかな」

「お化粧のこつをすっかり忘れちゃったみたい」シェリーはまごつき、彼を見ることができなかった。

「でも正直なところ、ぼくは今のきみのほうがずっと好きだ。なんだか無邪気な感じがする。すがすがしくて、とても魅力的だ」

「ここに戻ってきてから、きちんとドレスアップするのは今日が初めてね」ビーズのバッグを持ちあげると、中に入れていた口紅と櫛《くし》が落ちた。「ほんとのことを言うとちょっとへんな気分なの、今のわたしたちのことを考えると」ラウールはじっと彼女を見つめている。ますます彼女は緊張してきた。手の置き場がわからないかのように小さなバッグをぎゅっと握りしめながら、彼のほうに向きなおる。「今日あなたと電話で話してからずっと、初めてのデートを待っているような気分だったわ」

彼は少し気分が和らいだようだ。「わかるよ。ぼくも誘ったとき同じような気持ちだった」

シェリーはそのとき初めて、彼が見た目ほど落ちついていないことに気づいた。「今夜外に出かけるのはなにか理由があるの？」

「ああ、でもその話はあとにとっておきたい」

彼の表情からも口調からも、心の中は探りようがなかった。シェリーは勇気をかきあつめて言った。「わかったわ。わたしはもう準備オーケーよ」

彼が腕を差しだした。ふたりは並んで部屋を出ていった。

シェリーの心臓はふたりの足取りの二倍の速さで打っていた。彼の言葉を聞く用意ができているのかわからなかった。でも尻込みしないで立ちむかわなくてはいけないこともわかっている。彼がなにを話すつもりでも。

9

階段の下でダニエルがほほ笑みながら待っていた。「とってもすてきなカップルね」彼女がからかうように言う。

ダニエルを見たとたん、シェリーは子供たちの世話をまかせきりだったのを思いだした。「子供たちのところに寄るの忘れてたわ」シェリーはあわてて言った。「ルイーズは戻ってきたかしら？　子供たちは――」

「子供たちは心配ないわ、ルイーズもいるし、みんなあなたが楽しい晩を過ごすことを祈ってるの。イベットはあなたが出かける前に会いたがっていたけれどね」

「そうよね。どうしてあの子たちのことを忘れたりしたのかしら」彼女はいらだたしげに首をふり、ラウールを見た。「悪いけど、ちょっとだけいいかしら」

「ぼくも今日はふたりに会ってないから一緒に行こう。実はきみを見たら子供たちのことをきれいに忘れてしまったんだ」それから彼はダニエルに笑いかけた。「今の彼女はとても母親には見えないだろう？」

シェリーは顔が赤くなるのをどうにもできなかった。すぐに背を向け、おりてきた階段を戻って子供部屋に急ぐ。ラウールの足音があとを追ってくる。

シェリーがドアを開けると、ルイーズがイベットに本を読んでいるところだった。目をあげて母親に気づいたイベットが、凍りついたようになった。表情豊かな目がぼんやりとうつろになっていく。

シェリーはイベットの思いがけない反応にとまどった。こういう表情はずっと見せなかった。わたしが病院から戻ってきたあのときだけだったのに。今夜本を読んであげなかったから、わたしが彼女のことを忘れたと思ったのだろうか。

シェリーは無表情なままのイベットに近づき、その横にひざまずいた。「ご本を読んであげられなくてごめんなさいね」

イベットはかすかに肩をすくめて言った。「別にいいの」それからシェリーの着ているドレスに目を向ける。「またお友達と出かけるのね?」彼女は小さな声でそう言った。「違うんだよ」ラウールが後ろからゆっくりと言った。「パパと一緒に夕食に出かけるんだ。おまえにも許してほしいんだけどな」

イベットの表情がみるみる変わった。かたく無表情な顔が、いきいきと目を輝かせた笑顔になった。「一緒に出かけるの?」イベットはうれしそうに言った。「今までそんなことなかったのに!」彼女はソファから飛びおりてシェリーに抱きつき、それからラウールのほうへ駆けよった。

シェリーは声が出なかった。ゆっくり立ちあがってふりかえると、ラウールが笑いながら娘を抱きあげていた。日焼けした顔に真っ白な歯が光る。その笑顔を見ると、彼女は胸に鋭い痛みを覚えた。まるで心臓をぎゅっとしぼられるような。

「ルイーズの言うことをよく聞くんだよ。それから、お話が終わったら早く寝ること、いいね?」

イベットは強くうなずいてから尋ねた。「ママとダンスに行く?」

ラウールはちょっとシェリーのほうを見て、かすかに片方の眉をあげた。それからまたイベットに顔を向ける。「たぶんね」

イベットは彼の頬にキスをした。「うれしいな。ふたり一緒にお出かけなんて」

「そうかい? パパとママに満足だってこと?」

「そうよ、パパ。大満足」イベットはシェリーのほうへ駆けもどってきた。「おめかししてなかったでしょ、あの事故からずっと」

イベットが自分を見た瞬間に殻の中に閉じこもってしまったわけがわかると、シェリーはまた胸の痛みを感じた。イベットは母親がまた夜に外出するようになるのではないかと心配だったのだ。

「そうね」シェリーはかすれた声で答えた。「パパに連れていってもらえるまで待っていたかったの。でもパパはずっと忙しかったから」

イベットはシェリーの手を強く握りしめた。「とってもすてきよ、ママ」

「ありがとう」

「さあ」ラウールが明るい声で言った。「もう行かなきゃ」

シェリーはイベットにキスをし、ルイーズにほほ笑みかけた。ラウールがシェリーの手をとって廊下に出ていくのを見て、イベットはくすくす笑った。

シェリーはぼうっとした学生のように赤くなっていた。階段をおりて車のところへ行くまで、ずっと夫が彼女の手を握ったままだったからだ。

門を出るときにラウールが口を開いた。「どこか行きたいところがある？」

ハンドルを握る長い指がとても頼もしく見えて、シェリーは彼の手から目が離せそうになかった。やっとのことで彼を見あげた。「別にないわ」

「お気に入りの場所をひとつも思いだせない？」

シェリーは顔をこわばらせた。「だから今夜外に誘ったの？　わたしの記憶をよみがえらせるものを探すため？」

「まさか。実を言うと、ぼくはきみの記憶が戻ることをそれほど望んでいないみたいなんだ。記憶がなければ、ずっとこのままでいてくれるかもしれないと」

「どういう意味？」

「わかるだろう。どうしてきみがこんなに変わったのか、家族みんなが不思議がってるじゃないか。まるで別人みたいだ」

「わたしも別人のような気分だわ」彼女は小さな声で答えた。「今でもみんなの言う女性と自分が結びつかない」

「頭を打ったことが、いろんな意味で幸いしたようだね」

「それは今のわたしのほうがいいということ？」

彼女に向けられた笑顔はひどく魅力的だった。「ずっといいよ」

「じゃあもう離婚は望まないの？」

彼のほほ笑みが消え、眉間《みけん》に小さなしわが寄った。「結婚していながら妻がいないような状態はもういやだってことは確かだね。結婚をこのまま続けていくとすれば、いくつか変えたいことがある」

「たとえば？」

「名前だけの妻はいやだ」

シェリーは息をのんだ。「わかったわ」

「だけど、きみにとってぼくは何週間か前に知りあった人間なんだし、その間ぼくは恋人らしいこともしなかった。それはわかってる」

言いかえすことがないので、シェリーは黙ったままでいた。

「だから今のぼくにできるフェアなことは、もっときみと過ごす時間を作って、ぼくのことをもう一度わかってもらうことしかないと思ったんだ」

「じゃあもうわたしの記憶は戻らないと思ってるの？」

彼はすぐには答えなかった。彼女の言葉を考えているようだった。「わからない。医者にもわからないらしい。ぼくたちはずっと闇《やみ》の中にいるようなものだ。それがだんだん耐えられなくなってくる」ラウールは一瞬彼女を見ると、また道路に視線を戻した。「明日になればすべて思いだすかもしれないし、意識を取りもどす前のことは忘れたままかもしれない」

彼の言うとおりだ。ただシェリーが驚いたのは、記憶がないことに初めて気づいたときよりも、今はそれほどとまどいを感じなくなっていることだった。

「思いだすのが怖いのかも」とシェリーはつぶやいた。隣のラウールがからだをこわばらせるのが感じられた。

「それはどういうことだい？」

「自分がなぜああいうことをしたのか、その理由を知りたいのかどうか、よくわからないの。以前のわたしは、ほめられるようなことをしていたとは言えないもの」彼女はそっとほほ笑んだ。「ただ、この一カ月とても楽しかったのは確か。子供たちはとてもかわいいし、ダニエルと知りあえたし、友達になれそう。そう思うと……」

彼女が先を続けないので、ラウールが促した。「思うと？」

「わたしはほとんど家にいないで友達と遊んでいたんですってね。でも病院で目を覚ましてから、あなた以外からなんの連絡もないわ」

「実はぼくも不思議なんだ。しょっちゅう電話がかかってくるんだろうと思ってた。きみがグループの誰かとけんかして、みんなが口をきかなくなったとか、その程度しか思いつかないな」

「そうかもしれない。事故のときわたしのほかに誰もいなかったって言ったわよね？」

「ああ」

「通りかかった人が見つけてくれたの？　知らない人が？」

「警察はそう言ってたよ」

シェリーは額をぬぐった。「そういうことの答えを見つけるためだけにでも、記憶を取りもどす価値はあるかもしれないわ」

「もうひとつきみがまだ口にしない質問がある。ぼくはずっとそれを待っているんだけれど」

彼女は驚いて彼を見た。「それって？」

「きみの事故にぼくはなにか関係があるんだろうか？」

静かに、冷静に語られた言葉が、シェリーの心をひどく揺さぶった。「でも、あなた言ったじゃない――あなたは家にいたんでしょう?」

「ぼくが事故をたくらむかもしれないと思わないかい? 耐えられなくなった関係を終わらせようとしたかもしれない。ぼくが弁護士と離婚の話をしたことは聞いただろう。もしもきみが昏睡《こんすい》状態のままで、命さえ危なかったとしたら、きっとぼくに不利だったはずだ」

シェリーはじっと目の前の道を見つめながら首をふった。「ばからしいわ」

「なにが?」

「こんな話をしていること。わたしを死なせたいなら、弁護士に離婚の相談をしたりしないでしょう。それにあなた、わたしがどこへ行く気なのか知らなかったって言ったじゃない。それでどうして事故を仕組んだりできるの?」

「ああ、するとやっぱりそういう可能性を考えてはみたんだね」

いまいましい! シェリーは内心舌打ちした。図星を指して、わたしの反応を楽しんでいるのね。

ふたりはレストランに着くまでそれ以上話をしなかった。ウエイターたちから笑顔で迎えられ、席に案内される。

「よくここに来てるみたいね」オーダーのあとシェリーは言った。

「ときどき仕事相手を連れてくるんだ。聞いた話では、きみもよく友達と来ていたらしいよ」

向かいに座ると、彼の表情がよくわかる。ただ彼は、自分の考えや気持ちをうまく隠してしまう……さっきのイベットみたいに。

傷つけられることが怖いのだろうか? まさか。ラウール・デュボアほど自信がある人は、自分に不安など感じないはずだわ。

「じゃあ慣れてる場所なのね」彼女は好奇心を覚えてまわりを見渡した。「わたしの知ってる人はいないのかしら?」

「いるとしても、夫と一緒だからわざと知らないふりをしてるんだろう」

ほら。最後の言葉に彼の気持ちがちょっと出ている。かすかな――なんだろう? 皮肉――そう、彼の言葉にはいつでもかすかな皮肉がある。でなかったら軽蔑《けいべつ》かしら。わたしへの軽蔑なのか、彼自身への自嘲《じちょう》なのかよくわからないけれど。

「このワインとてもおいしいわ」彼女はもっと気楽な話題を見つけようとして言った。

「ありがとう」ラウールはグラスをちょっとあげてみせた。「ぼくも自慢なんだ」

シェリーは目を見開き、それからグラスに目をやった。「あなたのワイナリーのものなの?」

彼の笑顔が薄暗い照明の中で明るく輝く。「もちろん。できるだけうちのワインを注文したいからね。ライバル会社のをチェックするのでないかぎり」

シェリーはもうひと口味わった。こんな意味のあるものを味わってもなにも思いだせないなんて、ほんとにおかしいわ。

「すごくおかしなことがいつも頭に浮かぶの」少したってから彼女は言った。「ジャニーヌに言いたいことがたくさんあるんだけど、彼女が誰だかわからないの。誰も彼女を知らないみたいだし」

「なにを話したいんだい?」

「こういったことすべてよ」シェリーは店の中を示した。「ここに来るのは初めてのような気がする。あなたとふたりで出かけるのも初めてみたい。そのことを話したいの。子供たちのこと、庭のこと……」だんだんと言葉がゆっくりになっていく。「結婚のこと」

「ジャニーヌは驚くかな?」

シェリーはゆっくりうなずいた。「ええ。だってわたしにとってはどれも現実じゃないんだもの。すべて美しい夢でしかない」

そのとき彼が手を差しだした。「踊らないか?」

いつのまにか静かな音楽が流れはじめていた。ほかのカップルがダンスフロアに出ていくのにシェリーは気づかなかった。「でもお食事が――」

「待ってくれるはずだよ。それに、そんなにずっと踊ってはいないさ。なんだかすごく、きみを腕に抱きたくなったんだ」ラウールはほほ笑んで彼女を見おろした。「どうも気持ちが抑えられなくてね」

彼の手がからだにかかると、シェリーは思わず息をとめた。

「安心して。かみついたりしないから」そう言うとラウールは彼女を引きよせ、耳元にキスをした。「ちょっとかじりたくなるかもしれないけどね」

シェリーが驚いて見あげると、楽しげな瞳が見おろしていた。

彼にからかわれるとまごついてしまう。彼はとても自信にあふれていて、こんな高価なレストランでもダンスフロアでもすごく落ちついている。わたしも気楽にふるまえるはずじゃないの？　これがわたしのライフスタイルじゃない――わたしの遊び場のはずじゃない？

どうしてなにもかもそぐわない気がするのだろう？　どうして落ちつかない気分になるの？　モデルならみんなから見られるのにも慣れているはず。でも今夜はひどく視線が気になる。

「ああ、料理が来たみたいだ」ラウールはささやくと、彼女の手をとってダンスフロアから席に戻った。

シェリーは人目につかないテーブルに戻れてうれしかった。「どうしてみんなわたしたちを見てるの？」

「きみだよ。みんなきみを見てるのさ」

「どうして？」

「ほんとうにわかってないんだね？　自分がどんなにすてきか忘れたのかい？　そのドレスがどんなにきみを引きたててるか」

「ほかのものを着てくればよかったわ。こんなに背中の開いてない、もっとなにか——」

彼女はクロゼットの中のイブニングドレスがすべて人目を引くようなものだったのを思いだした。

ラウールは彼女の手をとった。「リラックスして。外で食事するのはきみに楽しんでもらいたかったからだ。ずっと家から出ていなかっただろう」

「楽しんでるわ。でもすごく場違いな気がして、なにかばかなことをしそうで落ちつかないのよ」

ラウールは声をたてて笑った。「きみがそんなことをするものか」

「賭《か》ける？　わたし覚えてるわ、あのとき——あのとき——」彼女は突然口ごもった。頭の中が真っ白になっている。

「あのとき？」

彼女は首をふった。「わからない。一瞬なにか浮かんだんだけれど」彼女は眉間を押さえた。「なにか見えたのよ、思いだしたの——学校のこと。学校に行こうとしていたのかしら」もうなにも出てこなかった。彼女はまた首をふった。「思いだせないわ」

「こういうことがよくあるのかい?」

「何度も。いらいらするわ、思いだそうとすればするほど、記憶がかすかになっていくんだもの」

「食事を楽しむことにしないか? 今夜はくつろいでほしいんだ。これからはもっと外に出かけるようにしよう。ワイナリーのほうはすべて軌道に乗ったから、もう休みがとれるし、毎日一緒に過ごす時間もできる。それにやっときみがわかってきた気がするんだ。なんだかおかしな感じだけどね。きみはもう、昔ならやりそうなことをしなくなった。ぼくはのんびりと次になにが起こるか期待しながら待っているようになった」

シェリーは首をかしげて彼を見つめた。「あなたも変わったわ」

「どんなふうに?」

「病院で目覚めたころのあなたは冷たかった……それに傲慢《ごうまん》で……皮肉っぽかったわ」

「今はそうじゃない?」

「前ほどじゃないわ。きっとあなたは警戒してるんでしょうね、ときどき疑い深くなるんだわ。でも同時に、とてもあなたのことを知りたいと思うの」

「するとぼくたちは今夜いいスタートを切ったのかな?」

「すてきな夜だわ。ありがとう」

「こちらこそ。さて、食事が終わったら、もう少し踊りたいな」

彼の目は愛情に満ちていた。その瞳の奥にも、警戒するような翳《かげ》はまるでなかった。シェリーはダンスフロアに出てラウールの腕の中にすべりこんだ。この夜が永遠に終わらなければいいのにと願いながら。

10

空高く月が出ていた。シェリーはゆったりとシートにもたれ、銀色の光に照らしだされる風景を眺めながら、穏やかな沈黙を楽しんでいた。

今夜のラウールはくつろいでいるみたい。そして幸せそう。こんな彼はこれまで見たことがなかった。けわしい表情が消えると、彼はずっと若く感じられる。それになんてダンスがうまいのかしら。軽やかなステップで、優雅で、リードがうまくて。

シェリーは、自分がまるで映画スターに憧《あこが》れる少女のようだと思った。でもラウールは現実の人……そしてわたしの夫。

今夜明らかになったことがある。ラウールはわたしを求めている。わたしをしっかり抱きよせたとき、彼は欲望を少しも隠そうとしなかった。そして今の関係のままではいやだとはっきり言った。

わたし自身もちゃんとした結婚生活を望んでいる。

でも早すぎない？　彼女の中のどこかで小さな声が言っている。

なにが早すぎるの？　もう何年も前から結婚してるのよ。わたしがなにを不満に思っていたのかも、幸運にも記憶から消えている。

病院で目を覚まして以来初めて、過去を思いださなくてはという焦りを忘れられそうだった。過去を思いだすのでなく、将来のことを考えよう。ラウール、そしてイベットとジュールがいる将来を。

「玄関でおろそうか？」城に近づくとラウールが言った。

シェリーはこのまま夜を終わらせたくなかった。ラウールにおやすみを言いたくなかった。彼女は首をふって答えた。「一緒にガレージまで行くわ」

彼はなにも言わなかった。顔が影になっていたので表情も見えない。

車をとめると、ラウールは助手席にまわってドアを開け、手を差しだした。ふたりは手をつないだまま裏口に向かって歩きだした。

階段をのぼりながら、彼はシェリーを見て言った。「今夜はありがとう、シェリー。とても楽しかったよ」

「わたしも」

「正直言って、不思議な気分だった」

「どういう意味？」

シェリーの部屋の前まで来るとラウールは足をとめた。彼女の両手をとり、なにかの答えを探すようにじっとその手を見おろす。やがて彼は顔をあげて彼女を見つめた。「よくわからない。実はさっきも車の中でずっと考えていたんだ。きみの態度のせいなんだと思う」

シェリーは目を見開いた。「以前と違うってこと?」

「以前のきみは、人前ではいつでも自分のイメージや外見をとても気にしてる感じだった。話をしていても、まわりの人の目を意識しているなという印象があった。観客に向かって演技しているみたいに」彼は小さく首をふった。「だからぼくはきみといると、稽古《けいこ》をした演技を見せられているような気がしていた」

「今夜のわたしはそう見えなかったって言いたいの?」

「そうだ。今夜のきみはぼくだけをしっかり見ていた。ぼくの言うこと、ぼくたちの会話だけしか頭にないようだった」彼は笑った。「すごくうれしかった。一緒にいる人が楽しそうにしていれば、うれしくないわけがない」

「わたし、実際楽しかったのよ」

彼はにっこり笑った。「だから今夜はすごく違った感じがしたんだろう。以前のぼくはきみのアクセサリーみたいな気がしていた――実際ぼくはエスコート係だったのさ。だが、そんな役割を受けいれていた……今夜までは。今夜ぼくは、自分がきみの夜の中心のような、とても重要な部分のような気がした」彼は両手をシェリーの頬にあて、彼女の顔を包みこんだ。「きみは今夜ぼくを特別な気分にしてくれた」彼はささやいた。「自分だけを見てくれるということがどんなに心を打つ贈り物になるのか、今まではまるでわからなかった」そしてそっと唇を合わせた。「ありがとう」

その言葉がふたりの間に漂い、それからまた彼はキスをした。今度のキスは奪うように強かった。シェリーは熱い抱擁に引きこまれた。

彼女の顔を優しく包みこむ手は、大切なものを守ろうとするようだった。彼の唇と舌が彼女をじらしていく。膝から力が抜け、シェリーはドアにもたれかかった。ラウールがそっと彼女から離れると彼女は重たいまぶたをあげた。そこには彼の残念そうな表情があった。

「こんなに自分をなくすつもりじゃなかったんだ」ラウールは言った。「変化に慣れるまで、お互い時間をかけたほうがいい」

シェリーは複雑な思いでその言葉を聞いていた。彼のキスにひどく気持ちが高ぶっている。彼と愛しあいたい。その思いはとても強いけれど、一方ではほっとしていた。愛を交わすのは、あまりに早すぎる。

ラウールは彼女のベッドルームのドアを開けた。「ぐっすりおやすみ。一緒に過ごせるように週末はあけてある」

「明日子供たちと池へピクニックに行く約束をしたの。ふたりとも楽しみにしてるわ」

ラウールはうなずいた。「ぼくもだよ」彼はそっと親指で彼女の唇にふれてほほ笑むと、くるりと向きを変え、隣の部屋に姿を消した。

部屋に入ってドアを閉めると、シェリーの目はすぐにふたりの部屋を隔てるドアに注がれた。ドアは閉まっている。開けられることはないだろう、少なくとも今夜は。

彼女はドレスを脱ぎながら今夜の話を思いかえした。誰ひとりわたしを訪ねてこない。前はあんなに社交的だったらしいのに、事故のあと友達からまるで連絡がないなんて考えられない。

謎《なぞ》にまたひとつ奇妙なことが加わった。

ラウールが出たころあいを見計らって、彼女はバスルームに入った。メイクを落としても頬は赤みを帯び、瞳はきらきらと輝いている。からだのほうは完全に治ったし、気持ちもだんだん落ちついてきた。

シェリーは部屋に戻るとベッドにもぐりこんだ。興奮していて眠れそうもないと思っていたが、心地よいベッドがすぐに彼女を眠りに誘いこんだ。

「パパ！　見て、見て！」イベットが叫んだ。跳ねまわる子犬の前にロープを出して遊んでいる。

ピクニックを大いに楽しんだあと、おなかがいっぱいになったのと夏の暑い日差しのせいで、もうジュールはうとうとしている。そんな息子をあやしながら、シェリーはラウールと折り畳みの椅子に腰をおろしていた。

「犬が気に入ってよかったわ。面倒を見る相手ができたら、責任感も身につくでしょう」

シェリーはジュールを起こさないように静かな声で言った。

シェリーが子犬を抱いて現れたときにはラウールも驚いた。「ほんとだね。実は何カ月か前から、犬が欲しいって言われてたんだよ」

「子供はみんな、ペットを持つべきだと思うわ」

その言葉にうなずきながらも、ラウールの頭は目まぐるしく動いていた。記憶がなくなったからといって、こんなに人間が変わるものだろうか？　わかってくればくるほど、事故の前のシェリーと今の彼女との違いがはっきりしてくる。まるで完全な別人だ。

いや、別人のはずがない。彼女はぼくの妻なんだ。シェリーが双子で、その片われがちょうどうまい具合にシェリーの人生に入りこんだのでないかぎり、この女性がぼくが結婚した女性でないはずがない。

けれども、たとえばこの子犬。イベットが動物を飼いたいとせがんでも、ぼくが知っていた女性は汚くてうるさいペットにうろつかれるのはいやだと耳を貸さなかった。ところが今日のシェリーは、イベットのために遠くまで行ってブリタニー・スパニエルの子犬を見つけてきた。

息子への接し方もひどく変わった。生まれてからずっとジュールを無視しつづけてきた彼女が、今ではジュールがなにかする前から彼のやりたいことがわかるようだ。ジュールの食事、着替え、そして寝かしつける世話まで、不満ひとつ口にしない。

彼女の変化はこのまま永遠に続きそうに思える。そして以前の行動を覚えていない彼女には、その変化も気にはならないらしい。ラウールは自分の記憶もきれいにぬぐい消されてしまえばいいのにと思った。そうすれば、なにが起きたのかといぶかしむこともなく、家族と過ごすひとときを楽しめるのに。

子供たちはもうピクニックにも母親と遊ぶ時間にも慣れている。けれども彼にとっては、今日はまったく思いがけない一日だった。

目が合うと、彼女がほほ笑んだ。「ちょっとぼくが抱いていようか？　けっこう重いだろう」

「平気よ」シェリーは小さな声で言った。「この子を抱いているのが好きなの。どんどん大きくなるわね。わたしが病院から戻ってからも、もうずいぶん大きくなったわ」

どんなに鈍い人間でも、彼女が息子を愛していることはわかるだろう。子供たちの生活が変わったことだけでも、ラウールは彼女に感謝したかった。「今夜はなにがしたい？」

「まあ、なにも考えてなかったわ」

「どこかに出かける？」

「別に。いえ、もちろんあなたが行きたいのなら喜んで行くけれど、できれば今夜は家にいたいわ」

彼はにっこり笑った。「わかった。チェスでもやろうか?」

シェリーは眉をひそめる。「わたし、やり方を知ってるのかしら?」

「ちょっとね。でもきみは好きじゃなかった。そういうところも変わったのか確かめたかったのさ」

「ああ、ひっかけたのね」

「いいだろう、なにをするかはきみに考えてもらうことにしよう」

彼女の頬がバラ色に染まるのを見ながら、ラウールは自分の反応を必死にごまかそうとした。彼女が目を向けるたび、ふれられたようにからだが反応してしまう。

事故以来彼女がごまかしを使わない人間になったことがひどく魅力的に思えた。こんなことは予想もつかなかった。彼女のまっすぐな視線にはなにも隠れていないように見える。彼女がぼくに惹《ひ》かれていることは確かだ。ぼくから目をはなせずにいることも。

こんなメッセージに抵抗できる男がいるだろうか? 抵抗したいと思う男がいるだろうか?

もうそろそろ、彼女の過去の行動への嫌悪感を捨てて、彼女の変化を受けいれてもいいころだろう。一度は捨てようと思った関係を、もう一度作りなおしたい。きっとシェリーも手を貸してくれるだろう。

シェリーは髪をとかしながら鏡の中の自分を見つめていた。シャワーを浴びたあとネグリジェに着替え、眠気を覚えるまで本を読むつもりだったが、落ちつかなくてベッドに入る気になれない。

彼女はドレッサーの鏡に映る姿を眺めながら、もっとこの女性のことを知っていたらいいのにと思った。客観的に顔を見てみると、人目を引くのもわかる気がした。燃えるように赤い髪にはいやでも目が行く。その色は色白の顔を強調し、鮮やかな緑の瞳を際立たせている。

でもラウールは、その魅力にも無関心みたい……。昨夜のキスを思いだして、彼女はちょっとだけその考えを訂正した。でも彼はまだ、気持ちのどこかでわたしをはねつけていた。

どうしたら彼の気持ちが変わるのだろう。彼がふたりで過ごす時間を作るようになってから、彼女はどんなに自分が彼に惹かれているかを痛いほど感じた。脈が速まり、息がちゃんとできなくなり、彼がいると思うだけで肌がうずきだすような気がした。

困るのは、どうやって彼にその気持ちを伝えたらいいのかわからないことだ。今夜こんなに落ちつかないのもそのせいだった。かつてのわたしは彼を誘惑する方法を知っていたらしい。そんなわたしは事故のあとどこに行ったのだろう。間違いなく、今のわたしは不器用な女の子でしかない。

彼女はため息をつき、ドレッサーにブラシを置いて立ちあがった。ベッドに向かおうとしたとき、初めてラウールがいるのに気がついた。彼はふたりの部屋の間のドアに寄りかかっていた。ゆったりとバスローブのポケットに両手を突っこんだ姿からすると、しばらく前からそこにいたらしい。

自分の考えていたことが彼にわかるはずがないと思っても、シェリーはどぎまぎしてしまった。かっとからだ中が熱くなるのをどうにか静めようとしながら彼女は言った。「ごめんなさい」その声は自分の耳にもかすれて聞こえた。「気がつかなかったわ」

ラウールはゆっくりと身を起こした。薄いネグリジェの下のバラ色の肌まで見通してしまいそうな視線で。「謝らなきゃいけないのはぼくのほうだよ。ノックするべきなのに」

シェリーは張りつめた声で笑った。「夫婦の間でそんな堅苦しいことをする必要はないでしょ。なにかご用だったの？」

ラウールは彼女に近づいていった。彼の目はじっと彼女の顔に注がれていた。まるで彼女の心を探る鍵《かぎ》を見つけようというように。けれどもシェリーはもう頭が働かなくなっていた。こんなに自分が弱々しく思えるのは初めてだった。

「ラウール？」押し殺したようなささやきが唇からもれた。彼の名前を口にすると唇が焼けそうな気がした。

「なんだい？」ラウールは手を伸ばせば届くくらいのところで足をとめた。

急に喉がつかえ、シェリーが黙ったままでいると、彼は人指し指で彼女の顎を持ちあげ、そっと唇にキスをした。

彼女のからだがふるえた。このすてきな男性、自分の夫である男性に、彼女は心から惹かれていた。彼にすがりつき、そのひきしまったからだのあらゆるところにキスをしたかった。欲しい……彼のすべてが。

彼女は蝋《ろう》が溶けるようにぴったりと彼にからだを重ねた。思いがけないその反応に促され、ラウールはさっと彼女を抱きあげてベッドに向かった。

シェリーは駆りたてられるような気がした。ずっと待っていた——彼にふれ、彼が自分のものに、自分が彼のものになるときを。彼はそっとベッドの上に彼女を横たえ、キスを続けながらからだを重ねた。確かな重みを感じて、彼女の喉からかすかな声がもれた。

彼女は熱に浮かされたように彼のバスローブの前を開いた。ラウールは彼女のネグリジェの裾《すそ》をたくしあげ、そっと腿に手を這《は》わせた。

からだに火がついたかのようだった。シェリーは両手を彼に巻きつけ、脚をきつくからませた。彼が離れていくことはないと、自分を安心させるかのように。

ラウールは彼女の熱い炎に包まれ、短く声をあげると駆りたてるようなリズムに身をまかせた。すぐに爆発してしまいそうだった。もう抑えきれなかった。彼女の奥深くで、すばらしく官能的な瞬間を感じた。

これほど自分をコントロールできないことはまずなかった。気がつくと、まだ彼女の上にいた。彼女に重みがかからないように、ラウールは両肘をつこうとした。

シェリーの手がからみついて彼をとめた。

ラウールは笑おうとしたが力が出なかった。やっとのことでかすれた声を出した。「重いだろう」

「いいえ」

彼女の唇が耳にそっとふれるとぞくっとした。彼女はそのまま耳たぶをかむ。ラウールの背筋から手足までさっと鳥肌がたった。

しっかり抱きあったまま、ラウールは横向きになった。満足したはずなのに、からだはまた強く彼女を求めていた。

ぼくたちはこんなに激しく求めあったことはなかった。シェリーも、ぼく自身も。だがラウールは激しい嵐《あらし》の中でかすかに気づいたその違いを考えようとはしなかった。それより、また火がつこうとしている。彼女がからだ中にキスの雨を降らせているからだ。

ラウールは今度はゆっくり愛しあおうとした。けれど抑制がまったくきかなかった。彼は片手でシェリーの胸を包み、鼻をすりつけ、かたくなったその頂を舌で愛撫《あいぶ》した。彼女のからだがさらに熱くなっていくのがわかる。

ぴったりとからだを寄せると、ふたりは互いにひとつになった喜びを高め、ふたたび目もくらむほどの歓喜にまでのぼりつめていった。

ふたりは息を切らしながら並んで横たわった。全身が汗にまみれている。このままではからだが冷えてしまう。だがラウールには、シェリーを自分の腕に抱き、満ちたりた眠りに落ちていくことしかできなかった。

どのくらい時間がたったのだろう。彼が目を開けると、ベッドサイドの小さなランプがついたままになっていた。シェリーは隣で丸くなっていた。今も彼と手足をからみつけたまま。

これほど心から満たされた気持ちになったのは生まれて初めてではないだろうかとラウールは思った。今夜ぼくたちの間に起きたことは奇跡と言ってもいい。妻に対してこれほど優しい気持ちになれたのも初めてだ。

シェリーは自分の欲望をはっきりあらわにし、その欲望を満たすことができるのはぼくだけだと思わせてくれた。ラウールは彼女の髪を手にすくい、さらさらと指の間からこぼれおちるのを見つめていた。

「寒くない？」ふいに彼女が口を開いた。彼女の長いまつげがあがり、眠たげな目が開いた。

「ちょっとね」ラウールは小さく笑みを浮かべて答えた。

「ベッドに入りましょうか」

「そうだね」そう言いながらも動かない。

シェリーはにっこり笑った。「あまりにいい気持ちで動けない？」

「まあそんなところだ」それからラウールは彼女を抱いた手に力をこめてささやいた。

「いいことがある」

「なに？」

「シャワーを浴びて、それからぼくのベッドで寝よう」

「ふうん」

「それはイエスなのかい、ノーなのかい？」

「あら、イエスに聞こえると思ったのに」

ラウールはベッドから出るとシェリーを抱きあげてバスルームに運んだ。彼女のからだをそっと石鹸《せっけん》で洗い、それからシャワーをかける。彼女がタオルで彼のからだを洗いはじめると、彼は今すぐにまた彼女を抱きたくなった。

ラウールは急いで石鹸を流し、それからタオルでふたりのからだをぬぐった。今度は絶対にベッドにもぐりこもうと思った。だが眠れなかった。

今度は彼女を自分の上に抱きあげた。彼女はいたずらっぽい笑みを浮かべ、彼の上にまたがった。彼女のすばらしい指の動きに、彼はうめき声をこらえてシーツをつかんだ。

ようやく彼女がからだを重ね、ベルベットのように彼を包みこむと、ラウールは彼女の腰をつかんで引きよせた。そして激しく求めあったあと、彼女はラウールの胸に倒れこんだ。ラウールは、自分の上に柔らかく横たわるシェリーとともに眠りに落ちた。

深い眠りの中で、意識を揺さぶろうとする音をどうやって静めようかと、彼は考えていた。だがしつこく鳴りつづける音は消えそうもない。やがてやっと彼は目を覚まし、それが電話の音だと気づいた。

彼はうなりながらシェリーから離れると、電話に手を伸ばした。「もしもし」

「お休みのところすみません」使用人があわてた声で言った。「オーストラリアのパースからお電話が入っています。今すぐお話がしたいと」

パース？　そんなところに取り引き相手はいない。ラウールは額にかかった髪をかきあげ、顎をさすりながら言った。「わかった。まわしてくれ」

ちらりとシェリーのほうを見る。まだよく眠っているようだ。無理もない、と彼は男らしい満足感に笑みを浮かべた。そしてどうやって彼女を目覚めさせようかと考えはじめた。

そのとき相手の声がして、彼は答えた。「ラウール・デュボアです」

11

低いささやきに続いて、鋭く尋ねるような声が聞こえ、心地よい夢が破られた。シェリーは目を開け、そこが自分のベッドではないことに一瞬驚いたが、すぐに昨夜のことが頭によみがえってきた。伸びをするとからだのあちこちが痛み、いやでも思いだされる。

彼女はほほ笑みながらラウールを探した。

彼はベッドの端に腰かけ、電話の相手の声に耳をすましているようだった。そのなめらかな広い背中の誘惑に耐えられず、彼女は素肌に手をふれた。

彼は火傷《やけど》したようにびくっとしてふりかえった。愕然《がくぜん》としたような、恐怖を浮かべた目で。その表情と、反射的に身を引いたしぐさに、彼女の眠気はすっかり消え去った。

昨夜の優しく情熱的な彼はどこに行ったの？　シェリーはとまどって彼を見つめた。昨夜の恋人は影も形もなくなってしまった。そのかわりにいるのは、冷たくてよそよそしい、病院でわたしが目を開けたときにそばにいた男。

いったいどうしたの？　わたしがなにをしたの？　シェリーはそのとき初めて、その原因が今彼の話している電話と関係があるのかもしれないと気づいた。しかし彼の発する短い問いかけからは、ほとんどなにもわからない。これ以上彼の気をそらさないようにと、彼女は静かにその電話が終わるのを待った。

ラウールが受話器を置いて彼女のほうに目を向けたとき、電話は自分に関することに違いないとシェリーは直感した。からだがふるえはじめる。ラウールの冷たい仮面のような表情を前にして、彼女は懸命に不安を押し殺した。

「なにがあったの？」ラウールがひと言も言わずに自分を見つめたままなので、彼女はついに尋ねた。

「あらゆることが起きたとでも言うべきかな」ラウールはようやく答えると、ベッドから出てバスルームに入り、静かにドアを閉めた。

ふるえが全身にまわっていた。起きあがってなにか身につけたくても、膝ががくがくして立ちあがれそうになかった。

ラウールはすぐに戻ってきて、彼女のほうに目もくれずに着替えはじめた。

「今、できるだけ早く行くって言ってたでしょ。ワイナリーでなにか緊急の用事でも起きたの？」

彼は服を着るとベッドに近づいてきて端に立った。まるで見たこともない相手を前にするように彼女をじっと見つめる。その視線にシェリーの不安はいっそう募った。

「ラウール？」彼女は細い声で言った。世界がいきなり手の届かないところに行こうとしているような気がした。

「きみが意識を取りもどしたとき、医者もぼくもきみの話をもっとよく聞くべきだった」

シェリーはとまどって彼を見つめた。「なんですって？」

「きみはダラスのことや、友達のジャニーヌのことや、自分が教室にいた覚えがあるとずいぶん言っていた」

「そういうイメージは説明がつくことだってルクレール先生はおっしゃってたわ」

「当然さ。ぼくがきみを自分の妻と認めたんだから」

「だってそのとおりでしょう」

「でもきみはぼくの言うことを信じなかった。きみは自分の髪が赤いことに気づいて驚いていた。服も気に入らなかったし、子供はわからなかったし、城もダニエルもママンも覚えていなかった」

「でもあなた、記憶をなくしたことはもう気にするなって言ったじゃない。あなたは――」

彼は片手でふりはらうようなしぐさをした。「ぼくの言ったことは忘れてくれ。きみが言われたことはすべて忘れてくれ」

「でもわたし――」

「今ぼくの妻が――シェリー・デュボアが、パースの病院で昏睡《こんすい》状態になっていると言われた。身元がわからないまま何週間も入院していたそうだ。彼女の捜索願いが出ていたら、もっと早く名前がわかっていたのに」彼は少し顔を近づけた。「でももちろん捜索願いは出ていなかった。シェリー・デュボアは自分の家にいるとぼくは思っていたからね。それにきみはぼくの子供たちや家や生活に興味を示していたし」彼は背を向けて歩きはじめた。「気づいてもよさそうなものだった。外見はそっくりだが、きみはまるでシェリーとは違っていた。少なくとも昨夜のことを考えればわかったはずだ。きみはベッドの中のシェリーともまるで違う……まるっきりだ！　でもあまりに夢中になっていて、あれだけはっきりしたこともぼくは考えようとしなかった」

その言葉に、彼女は胸をぐさりと刺されたような気がした。ひと言も言えなかった。

ラウールは足をとめ、またベッドの端に立った。「きみが記憶喪失を装ったんじゃないってことは信じるよ。そんなことを仕組むには代償が大きすぎたからね」彼は眉をひそめながら片手で髪をかきあげた。「今はきみが誰なのか、どうしてシェリーの車を運転していたのか、考えている暇はない。きみはシェリーじゃないのか？　ぼくの妻じゃないのか？　イベットとジュールの母親じゃないのか？」

彼女には彼の言っていることがわからなかった。驚きが次々に広がっていく。わたしはシェリーじゃないの？　ラウールの妻じゃないの？

「わたし――」彼女は口を開いたが、あとを続けることができなかった。

ラウールは彼女に近づくと、いきなり彼女のからだからシーツをはぎとった。それから片手で彼女のなめらかな下腹をさすった。「きっときみは子供を産んだことがないね。妊娠線もない。昨夜は気づかなかったけれど、シェリーにはいくつかあるんだ、ここと――」彼は彼女の骨盤のあたりをなでた。「それにここ」そう言って腰のカーブにふれる。

彼にふれられるたび、彼女の肌はうずいた。長く熱い夜の感触を思いだして。彼女はシーツを胸まで引きあげてからだを包んだ。

「しおらしくするにはちょっと遅すぎるんじゃないか？」彼がゆっくりと言った。

「どうしてそんな言い方をするの？　わたしがわざとやったとでも？　あなたは――」彼女は次の言葉に詰まった。「あなたの奥さまとわたしが計画したことだと思ってるの？」

彼はぱっと顔をそむけ、また歩きだした。「どう考えたらいいのかわからない……なにを信じたらいいのかも。わかっているのは、ぼくはすぐにパースに発《た》たなければならないということ、そしてきみは――」

ラウールが口ごもり、そのままなにも言わないので、彼女は促した。「なに？　わたしはどうするの？」

「きみが誰で、どうしてここに来ることになったのかわかるまでは、きみはここにいるしかないだろう」彼はクロゼットから服とスーツケースを取りだした。「私立探偵を雇うよ。彼をきみに会わせよう。きみが思いだせることから、彼が調査の糸口を見つけられるかもしれない」

彼女は両手で顔をこすった。夢を見ているのよ。なにか悪い夢を。そのうち目が覚めて、ラウールもばかな夢だと笑ってくれるわ。

涙が頬を流れていった。とめようがなかった。どんどん流れだして、彼女は息を詰まらせた。

ラウールはスーツケースから目をあげ、ゆっくりと彼女に近づいた。ベッドの端に腰かけると、彼は言った。「うまく話せなくてすまない。きみにもたいへんなショックだと気がつくべきだった」

彼女は手の甲で頬をぬぐうと小さな声でつぶやいた。「わたし、自分の名前もわからないわ」

ラウールは思わず彼女の手をとり、親指でそっとさすった。「今にわかるよ」

「わたしはここの人間じゃないのね」

「でもきみの家がわかるまではここにいるんだ」

当惑と、彼の思いがけない優しい声が、彼女の気持ちをますます乱した。それ以上、つらさに耐えられなかった。

目を開けたとき最初に気づいたのは、自分の部屋に戻っているということだった。いいえ、そうじゃない。ここはシェリーの部屋。

なんてこと。病院で目を覚ましたときよりもひどいわ。今では記憶があるんだもの。わたしの記憶ではないはずの記憶が。わたしはシェリー・デュボアじゃない。有名モデルに似た、名前のない女。

窓から差しこむ影が長くなっている。ラウールがなにか飲ませてくれたんだった。水と一緒に錠剤をくれた。わたしは意識を失ってつらさから逃れたかった。

なんだかけだるい。ラウールはもう行ってしまったのだろう。オーストラリアへ、ほんとうの妻に会いに。

ラウールと、今昏睡状態に陥っている彼の妻のことを考えると、彼女は深い孤立感を感じた。昏睡状態でいることにはいい面もある。少なくともシェリーは、自分が立ちむかわなくてはならない世界から逃れていられるのだから。

「よくなった?」ダニエルがベッドのそばに近づいてきた。

「まあ、気がつかなかったわ」

「ついていてくれってラウールから言われてたの。あなたが目を覚ましたときそばにいてほしいって」

彼女のベッドに運んでくれたばかりか、彼はネグリジェも着せてくれていた。ふたりが過ごした夜を思いだしたくなくて彼女は目を閉じた。わたしとのセックスについて彼が言った言葉も思いだしたくない。でも忘れようがなかった。シェリーではないことが、セックスでわかるなんて。

屈辱だった。自分が誰なのかわからないばかりか、ほかの人になりおおせることもできない。

おとぎ話は終わり。どうにか後始末をして、ここから自分でやっていかなくてはいけない。

ダニエルが彼女の手をとってそっと握った。「あなたはシェリーではなかったんですってね。こんなことになってほんとうに残念だわ。わたし、あなたのことがすごく好きになっていたのに」

彼女はほほ笑もうとしたが、うまく笑顔が作れなかった。

ダニエルが続ける。「ラウールが私立探偵を雇ったの。あなたが会えるようなら、すぐにでも話がしたいそうよ」

「いいわ。わたしも自分のことを知るためならなんでもしたいの」

「でもそれまで、あなたをどう呼んだらいいか決めなくちゃ。なにか好きな名前を考えてくれない？」彼女がかぶりをふると、ダニエルはそれ以上言わず、話題を変えた。「おなかすかない?」

「そんなにすいていないけど、なにか食べないとね」彼女は考えた。「その私立探偵に電話して、時間を決めておくほうがいいのかしら?」

「わたしが電話しておきましょうか。明日の朝ここで会うことにする?」

彼女はうなずいた。「ありがとう」

「一緒に頑張りましょう。ひとりで苦しまないで。名前は知らなくてもあなたはわたしの友達で、これからもそれは変わらないわ。あれこれ考えないことよ。なにか食べるものを持ってくるわね」

ひとりになると、彼女はそっとベッドから出てシャワーを浴びた。きちんと服を着て、もっとしっかりした気分になりたかった。

彼女は昨夜ふたりで使ったバスルームの中で、自分の新しい人生にかけがえのない存在となった男のことを考えた。

ラウール……もうわたしの夫ではない人……初めからわたしの夫ではなかった人。

ラウール。わたしの愛する人。

ラウールは飛行機のシートに頭をもたせかけて目を閉じた。オーストラリア西岸のパースに着くまでは何時間もかかる。

その数時間の間に、突然降りかかってきた衝撃的な事実について落ちついて考えられるようになるかもしれない。

何週間も、妻ではない女性と暮らしていたなんて。電話のかかってきた時間があまりに皮肉だった。二四時間前なら、ぼくと、ぼくが妻と信じていた女性の間の結びつきはまだ引きかえすことのできるものだった。ぼくは勘違いの原因を作ったことを詫《わ》び、一緒にほんとうの彼女の名前を探してあげればよかった。そして親切で優しくて愛情にあふれたあの女性が、ぼくのほんとうの妻、名ばかりの自己中心的な妻、シェリー・デュボアではなかったことを、残念に思っただろう。

けれども不幸にもその二四時間が与えられてしまったために、問題が複雑になり、ひどくつらい結果になってしまった。

彼女を愛している。その事実から彼は逃れられなかった。だが彼女が妻でないことは確かなのだ。

シェリーだと思っていた女性と愛しあったとき、ぼくはまるで違う自分を知った。初めて誰かと完全に一体になれたような気がした。

ぼくは自分という人間をありのままに示し、彼女という人間のすべてを受けいれた……そして今、ぼくの心は彼女に占められている。

彼女の驚きと落胆を見て、そばについていてやりたかった。彼女をしっかりと抱いて慰め、なんとかなると安心させてやりたかった。

だがぼくにはわかっていた。ぼくが見いだした喜びも、つながりも、愛はどんな境界も越えるという発見も、彼女が妻ではないとわかった瞬間になんの意味もなくなったのだ。意味があるはずがない。どうでもいいことでなくてはいけない。ぼくには現実の生活を営む義務があるのだから。ぼくが望む人生を求めてはいけないのだ。

夕方、ラウールはパースで飛行機をおりた。すぐタクシーに乗って病院へ向かった。時差のせいもあって時間の感覚がなかった。あの電話が来たのが今日か昨日かわからない。最後に食べ物を口にしたのがいつだったかも覚えていない。落ちつこうと飛行機の中で少し眠ったが、それでも病院の前でタクシーをおりたとき、からだの奥に疲れを感じた。受付で名乗り、内科のナース・ステーションに行くと、看護師はすぐに担当のパーキンソン医師を連れてくるからと言ってシェリーの病室に案内してくれた。

ドアを開けると、シェリーが身動きもせずにベッドに横たわっていた。その光景にラウールは既視感《デジャ・ビュ》を覚えた。彼女のからだからたくさんの管が伸びて機械とつながれている。近づいていくうちに、彼は現実離れした思いに包まれていった。彼女も目を開けたとき、ぼくを覚えていないのでは？

もちろんなにもかも違う。けれど彼はひどく不思議な気持ちがした。ここに横たわる女性のほうが、あとに残してきた女性よりも他人のように思える。

彼女の髪は色あせてぱさぱさだった。肌は青白く荒れている。シェリーはモデルだったこともあっていつも体重をコントロールしていたが、これほど細い彼女は見たこともなかった。ほとんどやせ衰えていると言っていいくらいだ。

それにこれはただの意識不明の状態ではない、と彼は思った。シェリーの不自然なほど動かないからだを見つめるうちに、ラウールは不安で寒くなってきた。

彼女の片手は胸の上に置かれ、もう一方の手はわきにおろされていた。彼女の長く優雅な指は透きとおらんばかりだった。爪は荒れたまま。これが彼女だと知らずにいたら、はたして見分けがつくだろうか。

彼は医師が来るのを待ちながら病室の中を歩きまわり、電話で知らされた話を思いかえしていた。

シェリーはふたりの謎《なぞ》の男に病院に運ばれてきた。彼らは彼女が麻薬をやりすぎたのかもしれないと救急病棟の医師に言ったという。

ひとりは残って質問に答えることを承知したが、もうひとりは駐車禁止の場所に車をとめているので移動してくると言って出ていった。その日救急病棟は患者でいっぱいだったため、応対した看護師もほかの患者を見なくてはならず、〝シェリー、麻薬過剰摂取の可能性〟とあわてて書きとめただけだった。一〇分後に看護師が戻ってみると、男はふたりとも姿を消していた。どちらも二度と姿を現さず、警察もついに見つけることができなかった。

シェリーの症状はどうにか落ちついたという。けれども意識は一度も戻っていない。

ふたりの男が見つからないため、地元の警察はオーストラリア中の調査機関にシェリーの名前と全体的な特徴を知らせ、行方不明者として捜索を開始した。それでもなんの情報もないので、鑑識が病院でシェリーの写真を撮り、コピーを各調査機関に配った。

普通は行方不明者の写真をテレビや新聞で公開するが、検査の結果麻薬の過剰摂取が確認されたため、警察ではそうしなかった。ラウールに電話してきた刑事は、そのせいもあって身元の確認が遅れたのだと言っていた。

警察は彼女が観光客ではないかと考えた。国籍がわからないので、この半年の間に出されたビザ申請をすべて調べ、さらにパースのあらゆる交通機関のターミナルで彼女の写真を見せた。

だが誰も彼女を知らなかった。

刑事によると、幸運だったのは、パースがオーストラリアの中心地から離れた街であることだ。この地域を訪れる観光客のルートは限られている。彼女を見たと言う者は出てこなかったが、シェリーが病院に運ばれた日に持ち主のわからない個人ヨットがパースに近い港町フリマントルで見かけられていたことがわかった。しかし警察がその偶然を確認しようとしたときには、そのヨットは跡形もなく消えていた。

捜査はそこで行きづまった。

ところが思いがけない幸運が起きた。アリススプリングズ警察の女性発送係が、受けとった写真をずっと眺めていた――どこかで見た顔のような気がしたのだ。彼女は家に戻ると、古い雑誌をぱらぱらめくってみた。皮肉なことに、彼女はこの有名モデルの優雅な写真を見ても気づかなかった。だがプライベートタイムの隠し撮り写真の一枚を、ようやくおぼろげに思いだした。その写真のシェリーはほとんど化粧をしていなかったけれど、それでもそのクローズアップは素顔の美しさを映しだしていた。彼女がその写真を見たとたん、ついにシェリーの身元が明らかになった。

そして捜査は進展し、ついにフランスのラウールまで達したのだ。

今の彼女を見ると、シェリーとわかったことが不思議なくらいだ。ラウールは彼女の手にふれた。

「シェリー？」

胸がかすかに上下するほかは、生きているしるしがなにひとつない。

ドアが開く音にふりむくと、背の高い中年の男が入ってきた。

「ミスター・デュボア？」

「そうです」

相手は片手を差しだした。「ウィル・パーキンソンです。お待たせしてすみません」

ふたりは握手をした。最初に口を開いたのは医師のほうだった。「ご家族がようやく見つかって、わたしども全員、警察や病院のスタッフを含めて、ほんとうにほっとしているんです。すぐに来ていただいてほんとうにありがたい。あなたにはたいへんおつらいことと思いますが」

ラウールはうなずいた。「ショックでした」それから彼はシェリーのほうに視線を戻した。

「容体がご心配でしょう」パーキンソン医師は持っていたカルテをめくった。「最初の症状は麻薬の過剰摂取によって引きおこされたものです。しかしある程度以前から麻薬をやっていたようですね」

ラウールはぱっと顔をあげた。「確かなんですか？　いや、間違いだという可能性はないんですか？」

パーキンソンはそっとシェリーの手をとり、腕の内側を見せた。どちらの手にも、手首から肘までたくさんの古い傷と針の跡が残っていた。「あなたの反応からすると、奥さんの麻薬癖はご存じなかったようですね」

ラウールは恐怖の思いで彼女の腕を見つめていた。今耳にし、目にしていることと、自分が知っているつもりでいた女性とが結びつかない。「一四歳のとき麻薬に手を出したと聞いたことがありますが、数年後にはやめたと言ってました。結婚してからはそんな様子などなかったんですが」

パーキンソンはシェリーの手を戻した。「だがその点は確かだと思います。ここに連れてこられたときの彼女はひどい状態でした。体重も足りないし、脱水症状や貧血も起こしていました。警察が彼女の身元を捜している間にわたしたちはまず彼女の生命維持に努め、それからいろいろな方法を試みて意識を取りもどさせようとしました」彼は優しく彼女の髪をなでた。「おわかりのように、これまでのところは成功していませんが」

「ここに連れてこられたのはいつですか?」

医師はカルテを見てから、三週間前の日付を言った。「個人的なことになるのはわかっていますし、あなたの生活を詮索《せんさく》するようで申し訳ないのですが、あなたは奥さんとどの程度親しかったのでしょう。あなたに電話した刑事さんからお聞きかと思いますが、奥さんの捜索願いが出ていなかったことも身元を捜すうえで障害でした」

医師の言葉には皮肉が感じられたが、ラウールはいらだちを抑えて言った。「奇妙に思われるのはわかります。ぼくだって、起きたことを説明しようとすると困ってしまうんですから」

他人に自分の生活をさらすのはもういやだ。すでにフランスの病院でやったことじゃないか。あれこれつつかれて、自分の人生の腐っている面を分析するなんて。

結婚生活は破綻《はたん》していた。けれどもこの数週間、二度目のチャンスが与えられたと思っていた。粉々に崩れた関係を強い絆《きずな》に変え、もう一度ふたりの関係を愛と優しさと理解で満たし、一緒に子供を愛していけるチャンスだと。

それがたった一本の電話で、ぼくの人生も、ぼくの人生観や価値観や自分自身への信頼も、自分というもののすべてが、混沌《こんとん》とした渦の中に投げこまれてしまった。その渦の中では、決して起こりえないようなことが突然、実際に起こってしまうのだ。

この医師に結婚生活を説明する義務はない。それにもしシェリーがこのまま意識を取りもどさなければ、いずれ警察から徹底的にきかれるに決まっている。

ここへ来るまで彼女はどれだけ法律を犯したのか。まず彼女はオーストラリアに入るとき正式に通関していない。麻薬常用についても調べられるだろう。それだけではすまないかもしれない。

ラウールは自分の感情を抑えようとしながらシェリーの無表情な顔を見つめた。答えを知っているのは彼女だけだ。彼女だけが理由や動機や計画を説明できる。なぜ別の女性が彼女の車の中にいて、彼女の運転免許証を持ち彼女の服を着ていたのか、説明できるのは彼女なのだ。

いかにもシェリーらしい。彼女はいつも逃げ方がうまかった。自分の行動の責任をとりたがらない。昔も今も。

シェリーが意識を取りもどしたとしても、警察の質問にきちんと答えるだろうか。ゲームを楽しむのがおもしろいと思うかもしれない。嘘《うそ》をついたほうが得だと思えば、絶対ほんとうのことは言わないだろう。

怒りといらだちが高まってきて彼女を見ていられなくなり、彼は顔をそむけた。ひどく疲れた気分だ。疲れきっていた。彼には自分の中で渦巻く感情を整理するだけの力がなかった。

パーキンソン医師はずっと静かにラウールを見つめていた。危機に立たされた人を何人も見てきた経験から、彼にはラウールの心の中の葛藤《かっとう》がよくわかった。ラウールが医師を信じて打ち明けようと思ったときも、彼にはその決心がわかった。

ラウールはうつろな目で病室を見まわすと、柔らかい椅子にこわばったからだを沈めた。医師ももうひとつの椅子に腰かけ、ラウールが口を開くのを待った。

「もう一年以上、妻とぼくはうまくいっていませんでした。今一歳四カ月になる息子が生まれたころからです。一カ月半ほど前、シェリーは翌日には帰ると言って家を出ました。だが翌日の晩に警察から電話があり、妻が自動車事故にあってパリ郊外の病院に運ばれたが重体だと知らされたんです」

パーキンソンはメモをとっていたが、それを聞くととまどった表情で顔をあげた。「よくわかりませんが」彼の視線がちらっとシェリーのほうに向けられた。「つまり彼女はすでに治療を受けていたということですか、何週間も前に――」彼は口をつぐみ、言葉を探した。

「いいえ。その晩事故現場で発見された女性はまったくシェリーそっくりだったということです。髪の色も目の色も同じでした。からだつきも顔もそっくりで。彼女を最初に見たとき、ぼくはシェリーとしか思いませんでした。それに彼女はシェリーの服を着て、シェリーのバッグを持っていて、シェリーの車を運転していたんです。警察も彼女が持っていた運転免許証を見てぼくに連絡してきたんです」ラウールは凝った首筋をさすった。「彼女の歯の治療跡を調べようとは誰も考えませんでした。彼女がシェリーだということについては、誰ひとり疑いすら抱かなかったんですから。こちらではシェリーと確認する最終手段として行ったと警察から聞きましたが」

パーキンソンはメモをとるのをやめ、口をぽかんと開けてラウールを見つめている。

「その女性は自分があなたの妻だと言ったんですか?」

ラウールは首をふった。「シェリーと同じように、彼女は意識不明のまま病院に運ばれたんです。頭をひどく打っていて、何日も意識不明でした」彼は頭をかしげてシェリーのほうを示した。「皮肉ですがとても状況が似ているんです。意識を取りもどしたとき、彼女は記憶をなくしていて、自分が誰かわからなかった。医師たちは事故のとき頭をひどく打ったせいだろうと言っていました。でも彼女がシェリーであることにはなんの疑いもないように思えたんです」

ラウールは頭がきつく締めつけられているような気がした。彼は両肘を膝に置いて頭を抱えた。つらい記憶が胸を刺す。彼はかすれた声で言った。

「ぼくは、先月病院から妻を家に連れ帰ったつもりでした。あの電話が来るまでは、ぼくは自分と一緒に住んでいる女性がシェリーだということになんの疑いも持たなかった」

ぼくは嘘をついている。シェリーがそれほど変わってしまうはずがないと、心の奥底ではわかっていた。でもぼくは彼女の変化を受けいれたかった。そして彼女がシェリーでないはずがないと信じて、ふたりの間の最後の壁を取りはらったのではないか。ぼくは信じたいものを信じたのだ。

ラウールがずっと黙ったままなので、ついに医師は助け船を出そうと軽い調子で言った。

「あなたのお話で、捜索願いが出ていなかった理由はわかりました。しかしこれでまたいろいろと疑問が出てくることになりますね」

「そうですね」

「ひどく短い間に次々とショッキングな出来事に見舞われたのですから、さぞ動揺なさったでしょう」

「ええ」ラウールはシェリーの腕についた針の跡を指した。「こんなに麻薬にのめりこんでいたのに、どうしてわからなかったんだろう？」

「いや、それは珍しいことではありませんよ。中毒患者は麻薬をやっていることをうまく隠しますからね。少なくとも始めて間もないころは。おふたりの間があまりうまくいっていなかったのなら、隠すのも難しいことではなかったでしょうね」

ラウールは立ちあがった。心の乱れを静めるために医師から少し離れたかった。彼は窓のそばに行くと両手をポケットに突っこみ、しばらく黙って立っていた。

やがてまたパーキンソンが口を開いた。「どうやって奥さんがパースに来たかご存じですか」

ラウールはふりかえらずに首をふった。

「フリマントル港に不審なヨットが停泊していたことはお聞きになりましたか。そのヨットは港にも、入国管理局にも許可を得ていなかったんです。だから沖に出て姿を消してしまうと、公式な記録は残りませんでした。また警察でもそのヨットの名前を覚えている人を見つけられませんでした」パーキンソンはラウールの姿を見つめた。ひどく動揺し疲れているようだ。「彼女はそのヨットに乗っていたと思いますか？　推量にすぎませんが、ほかになんの手がかりも見つかっていないんですよ」

ラウールは窓に背を向け、壁に片方の肩をもたせかけて医師を見た。「可能性はあるでしょうね」彼の声は少し落ちついていた。「ぼくは彼女の友達をあまり知らないんですが、ぼくの会ったかぎりでは、自分のやりたいことをやるだけの金は十分持っているようでした」彼は肩をすくめた。「そのうちのひとりがヨットを持っていたかどうかはわからない。もっといろいろ知っていればいいんですが」

パーキンソンはやれやれというように首をふった。「こんなケースは今まで聞いたこともありませんね」

「ぼくもです」ラウールは疲れたように額をこすった。「飛行機の中で考えていたことがあるんです。役に立つかどうかわかりませんが、シェリーの計画が少し見えてくるかもしれない。彼女が誰にもあやしまれずに姿を消す計画を立てようとしていたのなら」ラウールはふたたび椅子に腰をおろした。「シェリーが出ていった日、ぼくが家に戻ると彼女はかなり大きなスーツケースに荷物を詰めているところでした。ぼくが早く帰ったので驚いていたようです。たぶんぼくが戻る前に出ていきたかったんでしょう。今思うと、あのスーツケースを見られたくなかったんじゃないかなという気がします」

「それは筋が通りますね。ひと晩あけるだけなら、そんなに大きな荷物が必要なはずがない」

「ぼくもそれを尋ねたんです」

「彼女はどう答えました？」

「なにも。彼女は質問を無視して出ていきました。彼女には珍しくないことです」

「事故のときそのスーツケースが出てきましたか」

「いいえ。ですがあのときはそのことは考えませんでした。彼女は車から投げだされて、そのあと車は爆発した。考えたとしても、スーツケースは車の中だったと思っただけでしょう」

「その女性が記憶喪失を装ったとは考えられませんか。なにかの形で奥さんとつながりがあって、かわりを引きうけたのでは?」

「どんなことだってありえるんでしょうね。裏になにがあるのか、ぼくには想像もつかない。だが彼女がコマのひとつだとすれば、計画の途中で失敗したんでしょう。あれだけひどいけがをしてしまったんだから。記憶喪失はごまかしではないというのが医師の意見でした。あの傷を見たら、ぼくも嘘には思えません。それにシェリーと彼女につながりがあるかということについては、ぼくにはなにも言えませんね。シェリーは女手ひとつで育ててくれた母親を亡くし、縁者は誰もいないと言っていました。父親のことは全然知らないそうです。シェリーは母親のことしか口にしたことがありません」

「母親は——」

「シェリーが一〇代の初めに亡くなりました」

「そんな感じやすい年ごろに親を亡くすのはつらいでしょうね。彼女が麻薬に手を出したのはそのころですか」

「そうかもしれないですね。とにかく、ぼくはこちらに発つ前に評判のいい私立探偵を雇って、妻だと思っていた女性に会わせることにしました。彼女の混乱している記憶からなにか見つかればいいんですが」

「自分がシェリーではないと知って、彼女はどんな反応を見せました？」

最後に見た彼女の姿がぱっと浮かび、ラウールはそれをふりはらおうとした。しかしその記憶はもう頭にこびりついている。彼は彼女を抱いて涙をぬぐってやった。それから医者にもらった安定剤を飲ませた。

彼女が眠るまでずっと抱いていた。そしてネグリジェを探して着せ、彼女の部屋に運んだ。ふたりで一夜を過ごしたと知られないほうがいいと思った。

それが彼女のうろたえた理由のひとつだということはわかっていた。もしかしたら唯一の理由かもしれない。彼女が包みかくさずに見せた情熱は、夫に対するものとしてはまったく自然だった。彼女もふたりの間の雰囲気を和らげたかったのだろう。ぼくが夫だと信じきっていたからこそ、ふたりの間のぴりぴりした雰囲気をなくそうという努力ができたのだ――ぼくと結婚したという記憶がまったくなくても。

もしも計画にひと役買っていたとしても、記憶喪失になったことで彼女は犠牲者の役割に置かれた。ぼくが向こうみずで早まった行動に出たために、彼女の役割はただ一時的なものでは終わらなくなってしまった。

でも知らなかったんだ！　どうしてぼくにわかる？　シナリオではぼくが犠牲者になる

はずじゃなかったのか？　六年間結婚生活を送った妻と、まったく見ず知らずの女性の違いもわからない、疑うことを知らない鈍感な夫の役割を演じるはずでは？

ぼくにとって最悪なのは、その筋書きどおりにことが運んだことだ——あるところまでは。彼女と愛を交わしてみて、どこかおかしいとはっきりわかった。だがぼくは、彼女がぼくの結婚したシェリー・デュボアではないと、自分自身に、彼女に、家族に、正直に認めることができただろうか？

だがもうそういう試練に立ちむかう必要はなくなった。早朝の電話はぼくを救ってくれたのだ。あのままだったら自分がどうしていたか、今のぼくにはわからない。

「そのもうひとりの女性ですが」ラウールが答えようとしないので、パーキンソンはもう一度くりかえした。「彼女はそのことを知ってどんな反応を見せたんです？」

「うろたえました。当然ですが。自分の記憶がないまま、ほかの女性の人生を受けいれたんですから。彼女は自分がほんとうは誰なのか見つけるために、また一からやりなおさなくてはならない。ぼくも知りたいですから、一緒に調べていくつもりです」

「その謎を解くのは容易ではなさそうですね」

「今ぼくが心配なのは、どうやって妻をフランスに連れ帰るかです。意識が戻るまでここに置いておくほうがいいんでしょうか？」

「ミスター・デュボア、奥さんは意識を取りもどさずに何年も昏睡状態でいる可能性もあります。医学的な見地からいえば、このままの状態で亡くなる可能性が高いと申しあげるしかない」

ラウールはふたたびシェリーに近づいた。彼女は静かに横たわっている。

彼女は死にたかったのかもしれない。無意識のうちに麻薬をやりすぎたのかもしれない。彼女が目を覚まさないかぎり、真実は永遠にわからないだろう。ただ事実がどうあれ、シェリーは結果的に、結婚生活に終止符を打とうとしていたぼくを思いとどまらせたのだ。ぼくはまた自分の誠実さを試されている。シェリーの意識が戻らないかぎり、ぼくには離婚することができない。自分をこんな状態の彼女を見捨てるような男だと思いたくないからだ。

ラウールは結婚の誓いを真剣に受けとめていた。ぼくは彼女を愛し、敬うと誓った。だがその誓いを守れなかった。

そして病めるときも健やかなるときも彼女を愛するとも誓った。今彼女を看病することで、ほかの面でしてやれなかったことの償いをしなくてはならないのだろうか。

12

「さて」自己紹介を終えると私立探偵のクロード・ルボーは言った。「事故の前のことで思いだせることを話してもらえませんか。なんでもいいんです。それで調査の糸口を見つけられるかもしれません」

ルボーはさっそく今朝九時にやってきた。早く仕事を始めたくてたまらないらしい。

「でもわたし、シェリーだと思いこんでいたから、どこまでが人から聞いたことで、どこまでが事故の前の実際の人生なのかよくわからないんです」

ルボーはペン先でノートをこつこつたたいた。それからシェリーの写真を手帳の上に扇形に並べ、写真と彼女を念入りに見比べた。「あなたとマダム・デュボアは恐ろしく似ていますね」彼は考えこむように言った。「血がつながっている可能性があるんでしょうか?」

「シェリーはひとりっ子だったと聞いてますけど」

「ふうむ」ルボーはなにか書きつけた。「彼女の子供のころのことについても調べなければいけませんね」それからしばらく黙って彼女を見つめた。「事故の前、彼女と知り合いだったかどうか覚えていますか」

「いいえ」

「なにか覚えていることは？　なにもないんですか？」

彼女は意識を取りもどしたころのことを思いかえした。新しい人生を受けいれ、城での生活になじむようになる前のことを。「しばらくの間はときどきなにか浮かんできたんです。どんどん光景が動いていくの。たいてい音はなかった。場所がわからないから意味もわからなかったわ」

「セラピストはなにか手助けをしてくれましたか？」

「ええ。でもそのときは別の人の人生を思いだそうとしていたのよ」

ルボーは考えるように顎をさすり、じっとメモを見てから尋ねた。「わたしに提案があるのですが」

「なんでしょう」

「訓練を積んだ専門医なら、あなたを催眠状態にしてなにか聞きだせるかもしれません。これまでに浮かんだ断片的なイメージの意味もわかるでしょう。普通の状態では思いだせなかった記憶も見えてくるかもしれない。そういうやり方で助けてもらってはどうでしょう？」

彼女はその言葉に驚いた。ほとんど望みがないように思えたのに、そんな解決法があるなんて。「まあ、すばらしいアイディアだわ！　どうして今まで誰も勧めてくれなかったのかしら？」

「あなたはシェリーに間違いないと思われていたんですよ、だからわざわざ深層心理を探る必要はなかった。身元はわかっているのだから、記憶が戻るのも時間の問題だと医者も思ったんでしょう」彼は手帳を閉じた。「でも今は、事故の前のあなたの生活についてできるかぎり見つけださなくてはなりません。だからもっと深く掘りさげなくては」

彼女はうなずいた。「そうですね。そのとおりだわ。わたし病院に電話してみます。事情を説明して、もう一度助けてくれないかお願いしてみるわ」

探偵は立ちあがった。「それがいいですね。わたしのほうはシェリー・デュボアの出生から子供のころまでのことを調べてみます」彼はカメラを取りあげた。「帰る前にあなたの写真を撮りたいのですが、かまいませんか」シェリーが映った華やかな写真を示す。「よく似ていますが、あなたに比べるとこちらはちょっと派手に見える」

化粧っけのない顔、シャツドレス、ひとつにまとめた髪。今の自分がルボーの持っている写真の女性とまるで違って見えることはわかっている。「そうでしょうね」彼女はうなずいて自分の髪にふれた。「わたしはただ——ああ！　そう、思いだしたわ！」

「なんです？」

「意識を取りもどしたとき、自分の髪が赤いのでびっくりしたんです。わたしの髪は淡いブロンドのはずだと思って。でもラウールが、シェリーもほんとはブロンドだけど染めていたって言ってたわ」

「ああ。ふたりともブロンドだけれど、あなたのほうは自然のままにしていたというわけですね」

「ええ」

「なにかまた思いだしたら、この番号にかけてください」ルボーはポケットから名刺を出した。「わたしがどこにいても連絡がつくようになっています」

彼女は玄関まで送っていった。探偵は感心するように庭を見まわしている。「ここの人間ではないとわかって、さぞがっかりしたでしょうね」

「どこか心の奥では、ここが自分の家じゃないってずっとわかっていたような気がするんです。ただそう思いこもうとしていただけじゃないかしら。でもきっとわたし、ここを懐かしく思うでしょうね。家族だと思っていた人たちと別れるのはつらいわ」彼女はまばたきをして涙をこらえた。絶対に涙はこぼすまい。泣いてもなんの役にも立たないのだから。

「すぐにいらしてくださってありがとうございました。ラウールも喜ぶと思うわ」

ルボーは彼女の手をとった。「また連絡してください。なにかわかったらすぐにムッシュー・デュボアにもお知らせしますから」

彼女は探偵の車が走り去るのを見ていた。今の話を思いかえしてみる。今日のうちに病院に電話しよう。そしてもし入院させてもらえるなら、この城を出ていこう。あの日病院で意識を取りもどしてからの生活と、これから待ちうけているものとをはっきり切りはなすのよ。

ダニエルとは昨夜話しあった。子供たちに話しても小さすぎてわからないだろうということで意見が一致した。今日は子供たちと一緒にいよう――今日一日が、自分にあげるさよならのプレゼント。それから、出かけなければいけないと子供たちに言おう。

ラウールがシェリーを連れて戻ってくれば、ふたりから子供たちに説明してくれるだろう。自分はなにも言える立場ではないと彼女にはわかっていた。

彼女はため息をつくと城の中へ戻っていった。また新しいことに立ちむかわなくてはならない。できるのかどうかわからなかった。今のわたしには威厳と勇気が必要。もしラウールが今ここにいて支えてくれたら。わたしが目を開け、シェリー・デュボアの世界を前にしたとき、そこにいてくれたように。

入院して二週間少したった。小さな音とともに病室のドアが開き、彼女は読んでいた本から目をあげた。ドアの前にラウールが立っていた。

思いがけない彼の姿に、彼女は息がとまりそうになった。

入院してから毎日セラピーと催眠療法を受け、日記をつけるうち、彼女は現在の混乱した状態の中でも生きることを覚えはじめていた。

城での記憶は必死で締めだそうとした。少しずつ頭に浮かびはじめた記憶のことだけ考えようと。

けれどもどんなに努力しても、ラウールのことがいつでも頭の隅から離れなかった。こうして彼を目の前にすると、会いたいという思いが彼を呼びよせたのではないかという気さえする。

彼は病室の中に入ると、彼女の横へ椅子を引っぱってきた。

そばで見ると、彼も自分と同じようにつらい数週間を過ごしたのがわかった。目の下には隈《くま》があり、表情はけわしい。

彼女は本を置き、思わず彼にふれようとした。けれども自分がなにをしようとしたかに気づいて途中で手をとめた。「こんにちは、ラウール」

彼は溺《おぼ》れかけた人間のように彼女の手をつかみ、強く握りしめながら彼女の顔をじっと見つめた。「どうしてた?」その声はかすれている。

「元気よ。シェリーはどう?」

彼はげっそりしたような目で彼女を見た。「容体は変わらない。この二週間毎日彼女をフランスへ戻してくれとオーストラリアの役所や病院にかけあった。でもお役所仕事というのはどうしようもなくてね。ぼくの受けた質問やら尋問やらで分厚い本が一冊書けそうだ」彼は首をふった。「あんなことはもう二度とごめんだ」

「今彼女はどこに?」

「城のそばの病院に入れた。そこでもう一度、全部検査しなおしたが、完全に回復する可能性については予測できないと言われた」

ラウールは彼女の手を握ったままだった。そのわずかなふれあいが彼女には必要だった。彼にふれられると、いつでも心が安らぐ。

「昏睡《こんすい》状態になった原因はわかったの?」

ラウールはずっと、黙って彼女の手を見おろしていたが、それを聞いて顔をあげた。

「ああ、わかったよ。麻薬のやりすぎだ。ずっと誰かからもらってたらしい」

「どうしてパースに行ったかは?」

ふたたび彼はうなずいた。「つい数日前にはっきりした。誰かのヨットで夏を過ごそうと誘われたらしい。彼女の友達はぼくが彼女の居場所を知っているものと思っていたようだ。テッド・アンドリューズという男と話をした。彼女を病院に運びこんだ男のひとりだよ。なにしろシェリーを病院に置き去りにしたんだからね、警察に見つかってテッドはすっかり怯《おび》えていた。シェリーの現在の状態を話すと、しぶしぶ口を開いたよ。テッドの話によると、シェリーはヨットに男を連れてきて、古い友達のマリオと紹介したそうだ。ふたりの熱烈な仲は目に余るほどだったそうだよ。シェリーが意識を失っているのにマリオが気づいて、一番近い港にヨットをつけた。そこがたまたまフリマントルだったんだ。いろいろきかれてはやっかいなことになるから、テッドとマリオは入港手続きをとらずにシェリーをそっと港でおろした。それからタクシーを呼んで病院に連れていった。マリオが車を移動させに行くと看護師に言っているのを聞いて、テッドはマリオの目的に気づいた。自分が置いてきぼりになってあれこれ問いつめられることになるってね。それで隙《すき》を見て逃げだしたんだと言ってたよ」

ラウールは落ちついて語った。とても愛する妻の話をしているとは思えない。

彼は今もシェリーと離婚するつもりなのかもしれない。でもわたしには関係ないことよ、と彼女は自分に言いきかせた。「警察はマリオと話したの？」

「いや。彼は見つからないんだ。ヨットにも戻らなかった。荷物すらそのままだったそうだ」

「あなたも彼を捜すつもり？」

「本名を使っているかどうかもわからない。今そんなことをしても時間の無駄だと思うよ。ぼくが彼と話す理由はない。テッドによると、彼とシェリーはヨットの上でもみんなとは別行動だったそうだ。彼が逃げたのは、たぶん彼がシェリーに麻薬をまわしていたからだろう。だとすれば、跡は残さないよ。警察に追われては困るからね」

「わたしがそういうことに関係してたと思う?」

ラウールは首をふった。「そんなことはないだろう。きみがなぜ彼女の車に乗っていたかを説明できるのはシェリーだけだ。もしかしたらそのマリオという男も知っているかもしれないが。警察は今きみの事故が仕組まれたものかどうか調べてるよ。きみは薬を飲まされて車に運びこまれたのかもしれない。とすれば、きみの頭を殴ったのが誰であれ、自分の力を知らなかったんだろう。その一発だけできみは死にかけたんだから」

「薬?」彼女は細い声でくりかえした。

「そう。事故のとき、きみの血液中に薬品が少し含まれていたんだ。現在試験中の薬かもしれないという話だ。ルボーが医者たちからいろいろ聞きだしてくれた。どうもその薬がきみの記憶喪失を招いたらしい」

彼女は身をふるわせた。「試薬。なんて恐ろしい。わたしそのときに死んでいたかもしれないわ。いったい誰がそんなことをたくらんだの? いったいなにをするつもりだったの?」

「ルボーとぼくは、これまでにわかったことからなにか説明がつかないかと考えた。ひとつは、シェリーがあのヨット旅行を隠しておきたかったということだ。彼女はどうしてもヨット旅行に出かけたかったんだろう。でもぼくがそれを許さないのがわかっていた。しかも、離婚の決意もかたいことに気づいた。そして彼女はあるアイディアを思いついた。

誰か自分と間違われるような人間を身がわりにして、煙幕にする。一時的にでもね。彼女はそれでうまくやりおおせると思ったんだろう」

彼女は寒気を感じた。「ほんの数週間家を離れるためにそこまでするなんて。そんな手のこんだ計略、意味がないわ」

「きみやぼくはそう思うだろう。だがもちろんこれは推理のひとつにすぎない。これからの捜査でなにか新しいことが出てくるかもしれないいんだ」ラウールは彼女の手を握ったまま、もう一方の手で彼女の頬にふれた。「シェリーのことはもういい。ぼくはきみが元気かどうか確かめたかったんだ。それに謝りたかった、パースから電話がかかってきた日、一緒にいられなくてほんとうにすまなかったと」

「あなたにいてもらおうなんて思ってなかったわ！　行くのが当然よ。彼女はあなたの妻だもの。あなただってすごくショックだったはずだわ」

彼女は握りあった手を見おろし、彼の優しさと思いやりを感じていた。そして彼の腕の中に飛びこんで彼に頼ってしまいたくなるのを必死でこらえていた。

「話しあわないといけないね」ラウールは低い声で言った。彼女が顔をあげずにいると、彼は手でそっと顎を持ちあげ、自分のほうを見させた。

「話すことなんてある？」彼女はようやく言った。「起きてしまったことですもの。あなたは奥さまと仲直りしようとしていたのよ。それに」彼女はちょっと肩をすくめてさりげなさを装った。「少なくともベッドの中では違いに気づいたじゃないの」恥ずかしさでからだが熱くなるのがわかった。

ラウールの瞳がくもった。「ああ。あのあと落ちついて考える時間があれば、きみがシェリーのはずがないとわかっただろう」

彼女は落ちついた表情を崩すまいとしていた。その言葉がどれほど胸を刺すかを悟られないように。

「きみはあまりにおおらかだった。こんなに正直な人がシェリーのわけがない。きみは燃えるような情熱でぼくを包み、セックスがどんなものかを教えてくれた――相手を喜ばせ満足させる自由な表現になるんだということを。ぼくは我を忘れた。でもかまわなかった。あんな経験は初めてだよ。シェリーにそんな気持ちになれたことはなかった」ラウールは親指で彼女の頬にふれ、涙をぬぐった。「泣かせるつもりはなかったのに」

「あの朝あなたが、愛しあってみてわたしがシェリーじゃないとわかったと言ったとき、わたしはあなたをがっかりさせたんだと思ったわ。わたし――」

「逆だよ。きみは本物のセックスがどういうものかを教えてくれた。翌朝目を覚ましたとき、ぼくは自分やきみについてすごく大切なことを教えられたと思った。ぼくはきみが目を覚ますのが待ちきれなかった。でもそのとき電話が鳴って、自分が見つけたと思った新しい生活が幻想だったのを知った。なにもかも嘘《うそ》だった。きみを除いては」

彼がつらさを耐えているのがわかった。彼女は彼を抱き、あの夜が自分にとってどんなに大きな意味を持っていたか告げたかった。ラウールがあの夜の気持ちを話してくれたことがたとえようもなくうれしい。彼にはわたしに説明する義務はないのに。その言葉が、傷ついたわたしの心にどんなに大きな意味を持っているか……。

「話してくれてありがとう、ラウール。あの晩あんなふうに感じたのがわたしだけじゃなかったって思うと、なんだかうれしいわ」

わたしたちは一緒に一夜を過ごした。あの夜がわたしに、彼への思いをはっきりわからせてくれた。わたしは一度も後悔していない。でも彼はあのときのことをむしかえされたくないだろう。彼女は頭の中でほかの話題を探した。「子供たちはどうしてるの?」

「わけがわからずにいるよ」

「そうでしょうね。当然だわ」

「なにが起こったのか、それがなぜなのか、説明するのは難しい。ぼくたちだってあまりわかっていないんだしね。とくに困るのは、子供たちからきみのことをきかれたときだ。きみのことはほとんどわからないんだから。ルボーが今調べてくれているが」

「ええ。毎日のように電話してくるわ。なにか思いださないかって」

「ぼくがもっとなにかしてあげられればいいんだが」

彼女は無理に笑って言った。「あなたがここの入院費用を払ってくれてるんでしょ、寛大なのね。わたしもあなたをだます片棒をかついだかもしれないっていうのに」

「きみが進んでやったはずがない」

「どうしてはっきり言えて？　シェリーはお金をくれたのかもしれないわ。わたしが裏切らないように」

「そういう意見も出た。恥ずかしいが、ぼくもちょっとその可能性を考えた。でも信じるほどばかじゃない」

「でもどうしてわかるの？　あなたはわたしのことをなにも知らないわ」

「確かにぼくはきみの名前も知らないし、きみがどうして巻きこまれたのかも知らない。でも一緒にいる間にきみのことがすごくよくわかったんだ。ぼくはきみを間近で見ていたんだよ。はじめはきみが演技をしてるんだと信じこんでいた。でもだんだんときみの心の動きがわかってきた。ぼくが自分自身に正直になりきれていたら、きっと認めていただろう——きみがシェリーのはずがないって。きみは人をだますことができない人だ」

「あなたはわたしよりもわたしのことがわかってるのね」彼女はラウールから目をそらした。「わたし、何日も夜眠れずに考えていたわ。自分が誰なのかということだけじゃなく、自分がどういう人間なのかって」

「じゃあ安心させてあげるよ。きみの名前なんかどうでもいいんだ。大切なのは、きみが生きているかということだ。ひどい扱いを受けてもつらくあたられても、きみはみんなに優しく親切にしていた。きみは肉体的、精神的に回復しようとしてただけじゃなく、見知らぬライフスタイルの中でやっていく方法を見つけようとしていた。それでも焦りやいらだちをぼくたちの誰にも向けなかった」

彼女はなにを言ったらいいのかわからなかった。

「きみが誰かは知らないけど、一緒に過ごしている間にきみをすばらしい人だと思うようになった。きみはぼくの一部になったんだ、特別な部分に。なにがあってもぼくはずっときみの友達だ。それを知っていてほしい。なにか困ったりしたら、どんなことでも、ぼくに言ってほしい。両手を広げて人生を受けいれ、毎日を楽しむことを、きみはぼくや子供たちに教えてくれた。きみが家にいてくれたおかげで、長い間ぼくたちの生活になかった明るい光が生まれた。そのお返しになるようなことはなにもできない。ただ礼を言って、これからも友達でいてほしいと頼むだけだ」

「まあ、ラウール」彼女の声はかすれていた。

ラウールは彼女を引きよせ、きつく抱きしめた。「安心してほしいんだ、なにがあっても、頼る人がいないなんて思わなくていいんだ。ぼくたちはきみの家族でいたいんだ」

彼女は強い思いを抑えようと、彼の手を握ったまま身を引いた。ずっとこんなふうに彼のそばにいたら、彼にすがりついてしまいそう。そんな権利はわたしにはない。わたしは彼の妻ではないのだから。わたしはにせもの。

「来てくれてありがとう、ラウール」彼女はそう言って彼の訪問を打ちきろうとした。「遠いのにわざわざ来てくれてうれしかったわ」

「ぼくを追いはらおうとしてるね」ラウールは悲しげに言った。

「ええ、だって今のあなたにはほかにすることがあるんだもの。わたしまで負担をかけたくないの。会いに来てくれたことは、口では言えないくらいありがたいと思っているわ。わたしもあなたやあなたの家族と一緒に過ごせてよかったと思ってる。あなたたちみんながわたしの人生にすばらしいものを与えてくれた。わたしは絶対あなたたちのことを忘れないわ」

ラウールは彼女の手を強く握り、それからゆっくり立ちあがった。彼女も思わず一緒に立ちあがった。

彼女は両手を握りしめていた。「気をつけてね。子供たちによろしく」

ラウールはポケットに両手を突っこんだ。「ぼくは毎日ルボーと連絡をとってるから、調査の進み具合はいつもわかってる。とにかく覚えていてくれ、もしきみになにか困ったことがあったら、どんなことでもぼくに電話してほしい」

彼はドアのほうへ歩きだしたが、一瞬背中を向けたまま立ちどまり、それからふりかえって彼女の前へ戻ってきた。両手で彼女の顔を包みこみ、そっと顔を上向けさせる。

自分の意志の弱さをいとわしく思いながらも、彼女は目を閉じ、彼の唇を味わっていた。

これが最後と思いながら。

彼女は両手を彼のウエストにまわした。優しいキスは次第に熱い思いを表すものへと変わっていった。

ラウールがからだをはなしたとき、彼女はふるえていた。彼はそっと彼女の髪をなでた。

「元気で」

「シェリーが早くよくなるといいわね。あなたなら彼女を治してあげられるわ。わたしを治してくれたように」

彼女はラウールが病室を出ていくのを見送った。わたしの人生からも彼は出ていく。そうでなくてはいけない。そうするしかない。とにかくこうしてもう一度会えた。ふたりの関係に最後の意味を与える機会がもらえた。

彼は今、わたしの心まで持っていってしまった。それを知っているのは、わたしだけ。

13

わたしの名前はアリーシャ・コンラッド。住所はテキサス州ダラス、アパッチウェイ四一二番地。今は大西洋の上をニューヨークに向かっている。ニューヨークからはダラス行きの飛行機に乗りかえる。

アリーシャはため息をついた。眠ればいいのに。この数週間でわかった自分について考えるのはもううんざり。

病院での治療も役立ったが、彼女の身元を突きとめたのはクロード・ルボーだった。シェリー・デュボアの子供時代についての調査からはかなりの成果があがった。ふたりの女性がこれほど似ているのは単なる偶然ではないと信じていたルボーは出生記録までさかのぼり、双子や養子の記録など、ふたりの間に血のつながりがあることをにおわせる事実を見つけようとした。

その年の四月一〇日に双子は生まれていなかったが、シェリーの出生証明は簡単に見つかった。彼女はテルマ・ホプキンスの家で生まれていた。父親の欄には、不明という言葉が載っていた。

母親の職業がルボーの目を引いた――助産師。

彼は調査員を雇い、シェリーの生まれた日やその前後にダラスで生まれた女子の記録すべてを調べさせ、体格が似ている子供を探した。

ついに彼らはマイケルとアンナ・マトロック夫妻にアリーシャ・マリー・マトロックという娘がいたことを突きとめた。アリーシャは地元の病院で生まれ、担当医が証明書の一番下にサインをしていた。彼女の体格はシェリーによく似ていたが、生年月日は四月一一日となっていた。

時間がないので、ルボーはそれ以上テルマ・ホプキンスとアンナ・マトロックとの関係を追うのはやめ、アリーシャの記録をたどっていった。書類から彼女の子供時代、学生時代を追っていくと、デニス・コンラッドとの結婚に行きついた。

デニス。

その名前を耳にしたとたん、彼女は記憶がどっとわきだしてきた。デニスが彼女の過去を開く鍵《かぎ》だったのだ。

彼女は大学四年のときにデニスと出会った。卒業後二週間で結婚。けれどもその後、ダラス・フォートワース空港で起きた飛行機の着陸事故で彼は死んでしまった。

記憶が戻ってくると、彼女はまた新たに痛みを覚えた。まるでその瞬間をもう一度体験しているかのように。

そのときそばにいてくれたのが友人のジャニーヌだった。何週間もの間、朝も夜も一緒にいてくれた。ジャニーヌがいなかったら、妊娠三カ月で流産したときに自分も死んでいただろう。

夫も子供も失ってはとても耐えきれない。そのときはそう思っていた。どうしてあんなつらいときのことを忘れられたの？

今ではほとんどすべてを思いだしていた。ジャニーヌと出会ったときのことも。ふたりとも卒業したばかりで、アリーシャのほうは結婚したばかりだった。ふたりはすぐに親しくなり、時とともに友情はどんどん深まった。

どうしてフランスに行ったのか、それだけは思いだせない。夏の休暇をフランスで過そうと思ったのだろうか。フランス語を大学で専攻して、教師として教えていたのだから。でも思いだせない。一週間もないくらいのわずかな期間のことが記憶から抜けおちている。夏休み直前のことまでは思いだせるのだけれど。

ジャニーヌはスコットランドをまわる旅に参加することにしていた。アリーシャも誘われていたが、今年は旅行をしないことにした。

どうして気が変わったのだろう？

今は八月の半ば。学校はまだ夏休みだ。日程どおりだとすれば、ジャニーヌはこれから数日のうちには帰ってくるはずだ。彼女が助けてくれれば、記憶にない日々をよみがえらせることができるかもしれない。

アリーシャは自分でも調べてみるつもりだった。シェリーの母親の助産師、テルマ・ホプキンスについてもっと知りたい。

なにかに集中していなくては、フランスで見つけた家庭を失った穴が埋められない。そしてなにより、ラウール・デュボアを忘れなくては。もう一度人を愛することを教えてくれた男性だけれど。

アリーシャはコンドミニアムの前でタクシーからおりた。なにもかもそのままだ。三年間ずっと住んでいた場所をどうして忘れられたのだろう。

デニスが死に、子供もなくしたあと、彼女はデニスと一緒に住んでいたアパートメントにはいられなかった。航空会社からの賠償金とデニスの保険金でコンドミニアムを買い、自分だけの家庭を作ろうと思った。残された人生がどんなものだろうと、その人生を生きていくしかない、と。

ドアを開けると、郵便受けからこぼれたものが床の上に散らばっていた。彼女は封筒や雑誌を集め、それを持ってダイニングルームに入っていった。

観葉植物はかわいそうにすっかり枯れていた。あらゆるものに埃《ほこり》がうっすらとかかっている。冷蔵庫にはなにも入っていなかった。しばらく留守にするとわかっていたからだろう。

小さな中庭に出ると、芝生が伸びきってしまっていた。することが多すぎて、アリーシャは少し呆然《ぼうぜん》とした。要するに疲れているんだわ。ひと晩ぐっすり眠れば元気も出てくるだろう。次の学期が始まるまでやることがあったほうがいい。

二階で少し眠ろう。すぐとりかかる必要のあるものはない。起きてから食料を買いに行けばいい。

階段をのぼりかけたとき、突然電話が鳴りだした。彼女は飛びあがりそうになった。急いで二階へ駆けあがる。受話器を持ちあげる手がふるえた。

「もしもし」

「ああ。無事に着いたんだね」

膝ががくがくして、彼女はベッドの端にどさっと腰をおろした。フランスの男性が英語を話すと、どうしてこんなにセクシーなの？　心臓が早鐘のように鳴りはじめる。彼女は必死に落ちつこうとした。「こんにちは、ラウール」

「いつ着いたんだい？」

「ちょっと前よ」彼女はちらっとベッドのわきの時計を見た。「三〇分くらいかしら。どうしてもう着いたってわかったの？」

「わかってたわけじゃないよ。きみが昨日退院したって病院から聞いて、ずっとかけてたんだ」

「シェリーはどう?」

「変わりなしだね」

「かわいそうに」

「きみのほうは? ダラスに親しみを感じる?」

「ええ、すごく」

「きみの記憶はもうほとんど戻ったって医者が言ってたけど」

「ええ、ただフランスに行ったことはやっぱりなにも思いだせないの。最後に覚えているのは、夏の間は家にいるつもりだったってこと。どうしてフランスに行くことになったのかわからないわ」

「友達とは話したのかい、なんて名前だったかな、そう、ジャニーヌと」

「まだよ。彼女はスコットランドに行ってるの。あと何日かで戻ってくるはずよ」

「彼女がきみの記憶の欠けた部分を埋めてくれるかもしれないね」

「そうね」

ラウールの声がすぐそばで聞こえるように思えた。彼が目の前にいるような気がしてしまう。アリーシャは強く目をつぶって落ちつこうとした。わたしがどれほど彼に会いたいか、それは彼が知らなくていいこと。

「病院はきちんときみのプライバシーを尊重してね、ぼくがきみの夫ではないとわかってからは、きみに関する質問はきみに直接きいてくれと言われたよ。ルボーからは調査の結果を聞いたけれど」

「あなたにわたしの人生を知られても別にかまわないわ」

「だんなさんのことは気の毒だった。亡くなったなんてほんとうにつらかっただろう」

「ええ。ええ、そうね」

「ぼくは腹立たしいよ。前にもそういう目にあったきみが、またこんなことになるなんて」

「あなたのせいじゃないわ。それに、わたしはなにも覚えていなかったんだし、フランスでの夏は後悔していないの」喉がつかえた。「あなたや子供たちと過ごした時間はこれからも大切に心にしまっておくわ。わたしにとってはすばらしい夏だった」

「ほんとうにもう大丈夫なのかい？」

「ええ。わたしのことは気にしないで、ラウール。わたしはやっていけるわ。自分ひとりで生きていくのは慣れてるもの」

「そうだね。アメリカの女性は自立してるんだものね」

そんな軽口はずいぶん久しぶりに聞いた。彼女は笑った。でもその声にはすすり泣きがまじっていた。「マリオについてはなにかわかった？」

「フランスとオーストラリアの警察が調べているんだが、まだ捕まっていないらしい。でも捜査についてはもう聞いていないんだ。シェリーが質問を受けられる状態になるまでは、ぼくたちができることはあまりないからね」

「子供たちはどうしてる？」

「すごくきみを恋しがってる。きみがアリーシャという名前で、母親に似ていただけだということはわかったみたいだ。イベットはよくきみの話をしていろいろ尋ねるよ。ジュールは小さすぎて、なぜきみがいないのかわからないみたいだけど」

「あの子たちによろしく。絵葉書を出すわ、わたしがみんなのことを思ってるってわかってもらえるように」彼女は強く唇をかんだ。「こんなに話してたらすごいお金がかかるわよ。気をつかってくれてありがとう、でもわたしならもう大丈夫。あと何週間かしたら学校が始まるし、またいつもの生活に戻るわ」

ふたりの間に沈黙が流れた。彼の気持ちも、自分の気持ちも、彼女にはやりきれない思いがした。

「さよなら、ラウール」アリーシャは優しく言った。「お電話ありがとう。もう切らなくちゃ」

彼女は受話器をおろし、ラウールと自分の最後のつながりとなった電話を沈んだ気持ちで見つめた。

心のどこかでずっと思っていたように、あの城やそこに住む人たちはすべて美しい夢だった。続くはずのない夢。今わたしは目覚めて、現実の生活に戻らなくてはならない。

三日後に玄関のベルが鳴った。アリーシャは誰が来たのかわかっていた。ジャニーヌがさっき電話をかけてきたからだ。

ダラスに帰ってきたとき、ジャニーヌからの葉書が何枚も届いていた。アリーシャは日付の順に並びかえてジャニーヌが訪れた場所を確かめた。

ドアを開け、笑顔で迎えいれると、ジャニーヌはドアが開くなり話しはじめた。

「ああ、戻ってくるとほっとするわね。ほんとにホームシックになっちゃったわ。待ちきれなかったわよ」彼女はアリーシャの横をすりぬけて中に駆けこみ、しゃべりつづけたが、アリーシャを見ると目を丸くしていきなり言葉を切った。「いったいどうしたの!」

アリーシャは眉をひそめた。「え? 体重のこと? 自分ではそんなに……」

「違うってば、体重なんかじゃないわ。髪よ! その髪どうしたの! すてきだわ、スタイルもすごく似合ってる。そんなふうにしてるの初めて見たわ。すごくすてきよ、映画スターかモデルみたい」

アリーシャは苦笑いして首をふった。「やめてよ。アイスティーでも入れるから、お互いの夏の話でもしましょう」

ジャニーヌはあとについてキッチンに入ってきたが、まだじろじろ見ていた。「でもそれだけじゃないわね。ほかにも変わったところがあるわ。うまくどこって言えないけど。なんだか感じが違うの。柔らかくなったのかしら。輝いてるような――わかった！　わたしがいない間に男の人に出会ったのね、そうでしょ？　そうに決まってるわ！　あなた恋をしてるのよ。でもどこか悲しそうだわ、輝いてるのにおかしいわね」彼女は首をかしげて片方の眉をひそめた。「目がはなせないわね。ひとりにしておくとなにするかわからないわ」

アリーシャはジャニーヌにグラスを手渡し、ふたりでリビングルームに入っていった。「そこなのよ」アリーシャはそう言いながらソファに腰をおろした。「ききたいことがあるの」

「どうぞ」

「あなたが出発する前、わたし、この夏どこかへ行くようなこと言ってた？」

ジャニーヌはいぶかしむように目を細めた。「忘れたの？　わたしが出てから何日かして手紙くれたじゃない。エジンバラにいるときに届いたわ」

アリーシャは身を乗りだした。「なんて書いてあった？」

ジャニーヌは目をぱちくりさせた。「わたしにきくの？　あなたが書いたんでしょ、覚えてないの?」

「あとで説明するわ。書いてあったこと、覚えてる?」

「うーん。パリで教師の会議があるんだけど、講演者がひとりどたんばで出られなくなったとか。それであなたがかわりを頼まれて、ホテル代も飛行機代も出してもらえるし、行くことに決めたって」

「誰がお金を出してくれたの?」

「そのことは書いてなかったわ」

「会議はどこで開かれたの?」

「パリのどこかってこと? そんなの知らないわよ。手紙には書いてなかったと思うわ。ねえ、いったいどういうことなの? あの手紙のあと全然連絡がなかったから、手紙を書く暇もないんだろうと思ってたわ。それかわたしもあちこち動いてたから、受けとれなかったんじゃないかなって」

アリーシャはしばらく黙ってジャニーヌを見つめていた。彼女は一番の親友だけれど、それでもどんなふうに話したらいいのかよくわからない。うまく言葉にできないような気がする。ようやく彼女は椅子の背によりかかると口を開いた。

「これからあなたに話すことは、ほかの誰にも教えたくないの。これはわたしたちの秘密。わたしが夏休みをどう過ごしたかは学校の誰にも関係のないことよ。でも誰かに話さなくちゃいけないの」

彼女はフランスの病院で目覚めると自分が誰なのかわからなかったことから話しはじめた。そしてダラスに着いた日にラウールが電話してきたところで話を終えた。

ジャニーヌは話の間ひと言も言わず、身動きもしないでアリーシャを見つめていた。アリーシャは話し終えるとキッチンへ行き、アイスティーのピッチャーを持ってリビングルームに戻ってきた。

グラスにアイスティーがつがれると、ジャニーヌはごくごくと飲んだ。自分のほうがずっと話しつづけていて喉がからからになってしまったように。「こんなことって――こんなおかしなことないわよ。すごくすてき……だけど悲しい話。それで……」

「それでわたし、あなたに助けてほしいの」

「わたしに！　なにをしたらいいの？」

「わたしとシェリーになにかつながりがないか調べたいのよ。それを手伝ってほしいの」

「関係があると思ってるの？」

「もちろんよ！　そう思わない？」

「でもシェリーってひどい人みたいじゃない。だんなさんや子供を無視して。そのうえ麻薬もやってたなんて」

「だからってわたしたちにつながりがないとはかぎらないわ」

「単なるつながり、じゃないんでしょ。あなたの言ってるのは一卵性双生児ってことだわ。でもそれぞれ違う母親から生まれたんだから、そんなこと証明するのは難しいわよ」

「それは出生証明書に書いてあることよ。でもシェリーの母親は助産師さんだったの」

「だから？」

「母が言ってたのを覚えてるわ。家で産みたかったから助産師さんに来てもらったって。でもいざ出産になったらすごく難産で、父が救急車を呼んで病院に行ったのよ」

「それで？」

「わからない？　双子だったから大変だったんだとしたら？」

「まあ、やめてよ、アリーシャ。ちょっと考えすぎじゃない？　だってお父さんもお母さんもいたのよ。何人子供が生まれたかくらいわかるでしょ？」

「かもしれない。でもわたしが大きくなってから、ふたりともすごく怖かったって言ってたわ。陣痛が思った以上にひどくて、パパはあわてちゃったって。なにが起きたかなんて誰にもわからないわ。でもそのときの助産師さんの名前がテルマ・ホプキンスだったら、わたしの推理も間違いじゃないと思うの」

「母親の知らないうちに助産師さんが子供を取りあげたっていうの？」

「現実離れしてるのはわかってるけど、シェリーをよく知っている人がわたしと間違えるのにはなにかわけがあるはずでしょ」

「ご両親はなにか書き残していなかった?」

「いいえ。父が死んでから母はコーパスクリスティに引っ越したの。母が死んだときに荷物の整理に行ったけれど、書類はみんなごく普通のものだったわ。わたしの出生証明書にも珍しいところはなかったし。母が双子を産んでいたとしても、一生知らないままだったんだと思うわ」

「なんて恐ろしい。じゃあシェリーはあなたと姉妹かもしれないのね」

「そうだと思うわ」

「ということは、あなたは自分の姉妹の夫を愛したっていうことになるのね」

「ジャニーヌ、あなたってほんとにいきなり核心を突いてくるのね」

「まあね。だって記憶をなくしている間あなたはシェリーの家で、シェリーの夫や子供たちと一緒に暮らしてたのよね。自分の姉妹の人生を生きていたんだわ。ほんとうに困った立場よね」

「おかしなこと言わないで。もうすべてはっきりしたんだから。なにが起きても、もうわたしには関係ないわ」

「シェリーになにがあってもかまわないの?」

「考えてみたんだけれど、わたしは彼女のことを別になんとも感じないわ。ただ無駄な人生を過ごしているなって思うだけ。彼女の夫と子供たちも一緒に苦しむことになったのがかわいそうだわ」

「彼女に会って話してみたくない？　彼女のことが知りたくないの？」

「ええ。早くよくなって、きちんとした人生を送れるようになればいいとは思うけど、彼女とはなんの関係も持ちたくないわ」

「怒ってるみたい」

「怒ってるわよ。シェリーはどこかでわたしのことを知ったんだと思うの。双子がいることを利用して、自分が姿を消してうまく逃げおおせるための身がわりにしたんだわ。わたしが誘われた教師の会議のことがもっとわかれば、シェリーが裏でたくらんだことだって絶対証明できるわ」

「それは考えつかなかったわね」

「彼女はわたしを利用したのよ、少なくともわたしがいることで得をしたんだわ。お医者さまの話では、わたしはなにかの薬のせいで一時的な記憶喪失になったんですって。そこまで自分のことばかり考えて、ほかの人の人生を危険にさらすこともかまわないなんて、そんな人のこと理解できないわ」

　ジャニーヌはソファのほうに来ると、アリーシャの隣に座って彼女の手をとった。「こんなことになってほんとうにかわいそう。こんな目にあわされるようなこと、なにもあなたはしていないのにね」

アリーシャは弱々しい笑みを浮かべた。「あなたもラウールみたいなこと言ってる。わたしにとって最悪の時はもう過ぎたのよ。でも彼はこれからも毎日耐えていかなくちゃいけない。シェリーが意識を取りもどすのか、ずっと昏睡《こんすい》状態のままなのか、気をもみながら」

「あなた、ほんとうに彼を愛してるのね。わたしにはわかるわ」

「そんなこと言ってないわよ」

「言う必要なんかないわ。彼の名前を口にするたびにわかるわよ。あなたの話からすると、彼のほうも同じ気持ちみたいね」

「わたしたちがどんな気持ちだろうと関係ないの。なんにもならないわ。もうすべて忘れるつもり。ただわたしの好奇心を満足させたいのよ。真相さえわかったら、そのあとはすべて頭の中から締めだすわ。シェリーについてはなにも知らない。彼女のフランス人の夫も知らないわ」

「勝手に言ってなさい。でもそう簡単に忘れられないこともあるのよ」

教師としての生活の一部として、アリーシャは毎年新学期がはじまる一週間前に健康診断を受けることにしていた。今年もそろそろその時期だ。家に戻ってきてからずっと力がなく、からだをひきずって歩いているような感じだった。蒸し暑さと、頭の傷や記憶喪失のショックがまだ残っているせいだろう。でなければ、時差ぼけが続いているのだろうか。

検査を受け、無気力な状態が続いていることを問診で素直に認め、それからアリーシャは着替えて医師が診察室に戻ってくるのを待った。もう何年も同じ医師にかかっているので、安心してまかせられる。けれども戻ってきた医師はなにか考えているようだった。

「アリーシャ、座りなさい」医師は机の前にまわって腰をおろし、彼女のカルテをぽんと置いた。首をかしげ、縁なし眼鏡越しに彼女を見る。「ちょっと話をしたほうがよさそうだ」

頭の傷はたいしたことはないとアリーシャは思っていた。ときどき頭痛はするけれど、以前よりは回数も減っているし、それほどひどい痛みではなくなった。医師がそんなに心配そうな顔をする理由がない。気にしないようにしようと、彼女はちょっと笑いながら言った。「貧血だっておっしゃるんでしょう。別に驚かないわ。最近食欲がないし――」

「アリーシャ」医師は静かにさえぎった。「きみが流産したとき、これからも健康な妊娠ができないわけではないとわたしが言ったのを覚えているかね?」

妊娠。

その言葉を聞いて彼女は凍りついたようになった。その可能性を考えていなかった。いいえ、そうじゃない。考えたくなかったのよ！　考えるのが怖かった、ちょっとでもそんな可能性が――。

医師は話を続けた。まるでありふれたことを報告するように。もちろん彼にしてみればありふれたことなのだ。「妊娠の検査結果は陽性だったよ、アリーシャ。もう六週間近いだろうね。だから予定日は三月末か四月初めくらいになる」

アリーシャは呆然として医師を見つめた。まさか。間違いよ。妊娠しているわけがない。結婚していないんだもの。わたしはひとりなのよ。女子校で責任ある立場にいる教師なのよ。

もう十分につらい目にあってきたじゃないの。この夏の出来事だけでも耐えられそうにないのに、そのうえこんな思いがけないことが起きたらますますひどいことになってしまう。妊娠だなんて、学校で問題になるかもしれない。

医師は心配そうに彼女の表情を見守っていた。妊娠から起こる症状について指示を与えたあと、彼は身を乗りだして言った。「主治医として、それに友人として、聞いておかねばならないと思う。アリーシャ、どうするつもりだね?」

14

強い風が小高い丘にさっと吹き、きれいに掃かれた墓地に枯れ葉が飛び散った。ラウールは口を開けた墓の横に立っていた。司祭のものうげな声はほとんど頭に入ってこない。彼は片手にジュールを抱き、もう一方の手でイベットの手をかたく握っていた。イベットの隣にダニエル、ラウールの横にフェリシティが立っていた。会葬者の数はごく少なかった。ラウールはシェリーが死んだことをほとんど人に言わなかった。家庭のトラブルをマスメディアに騒ぎたてられたくなかったからだ。

この四カ月近く、彼はほとんどシェリーにつきっきりだった。彼女には彼がいることがほとんどわからないようだったが、彼は何時間も彼女に話しかけ、ときには問いかけた。ときには自分の苦しみや困惑を聞かせたりした。

彼はアリーシャの話をした。シェリーにどうやって彼女を見つけたのか、どうして彼女が存在することを知ったのかと尋ねた。きみが目覚めたら、きみを助け、いい理解者になると約束した。

シェリーにはなにも聞こえていないようだった。けれども何カ月かたつうちに、ラウールは自分の苦痛を話すことにある種の安らぎと安堵《あんど》感を覚えるようになっていった。

二日前、朝早く病院から電話があった。シェリーが夜の間に息を引きとったという知らせだった。ラウールは怒りにも似たものを感じた。またシェリーは自分のしたことの結果に立ちむかわずに逃げてしまった。今、彼女の人生の最後のシーンが演じられるのを見ながら、ラウールはシェリーがひどく高い代償を払ったのだと思った。彼女は自分の人生を失ってしまったのだから。

なにが彼女をあんな極端な行動に走らせたのかは、もうわからないだろう。それにもうどうでもいいことだ。彼は自分にも欠点があったことを認めていた。彼女をどうしてやることもできなかったのだから。

灰色の雲に雷がとどろき、彼は目をあげた。式が終わるまで雨が降らないといいが。彼は家族の向かい側に並ぶ人たちを見た。ほとんどは城やワイナリーで働いている人たちだ。シェリーの友人はひとりもいない。彼はあえて連絡しようとしなかった。彼女がフランスに戻ってもなにも言ってこないような連中なのだから。

マリオという男が来るだろうかということはずっと考えていた。彼はシェリーの状態を知っていたのだろうか。気にかけていたのだろうか。彼女に起きたことに対してなにか責任を感じているのだろうか。

司祭が礼拝の言葉を終え、柩《ひつぎ》がゆっくりと土の中におろされていった。ラウールは目の前のことに頭を切りかえた。イベットが彼の手に顔をうずめる。ラウールは娘の頭に手を置き、そっと髪をなでた。ジュールは頭をラウールの肩にもたせかけて眠っていた。

家族は黙ったまま城に向かった。誰もがそれぞれの思いにふけっていた。とうとう雨が降りだし、車に激しくたたきつけてきた。その天気がまさに今の雰囲気に合っているような気がした。母なる自然が自分の子供が死んだことを嘆いて涙をこぼしているようだ。

イベットはひどくつらい思いをしているようだった。子犬と庭を走りまわっていた少女が、母の死を知って以来ほとんど口もきかない。自分の中に気持ちを閉じこめてしまっている。

アリーシャともう会えないことがつらいのもわかっていた。彼女もジュールもアリーシャに会いたいとよく泣いていた。だがどうしてやることもできない。

もう自由なんだぞ、と頭の中で小さな声がささやいた。その言葉はずっと頭の中でくりかえされている。ラウールはその声を消したかった。その誘惑の声が聞こえると、罪の意識にさいなまれる。

シェリーの死を願ってはいなかったが、もう彼女を愛していないのはわかっていた。彼女を愛していたら、もっと心から悲しみに浸れただろう。今彼の悲しみは、罪の意識とないまぜになっていた。

その夜、夕食が終わってフェリシティが部屋に引きとると、ダニエルが口を開いた。

「アリーシャにシェリーのことを知らせたの？」

ふたりはブランデーグラスを手に暖炉の前に座っていた。ラウールは長いことグラスを見つめていたが、やがて答えた。「いや」

「彼女は知りたいと思うけど？」

彼は肩をすくめた。「そうだろうね。でも、もうこの夏の不幸な出来事はみんな忘れているかもしれない」

「彼女がダラスに戻ってから連絡したことはあるの？」

「一度ね、彼女が家に着いた日に。そのあとはもう連絡をとる理由がない。記憶はほとんど戻ったって言ってたよ、彼女の家も街もすべて見覚えがあるような気がするって。すっかり立ちなおっていてくれるといいんだが」

「今でもテキサスから手紙やちょっとしたプレゼントを子供たちに送ってくれてるのを知ってる？」

「気づかなかったらばかだろう。イベットが明るい顔になるのは、アリーシャからなにか受けとったときだけだ」

「あんな短い間に子供たちとしっかり結びついてしまうなんてね。急にあれほど性格が変わるはずないって、わたしたち気がつくべきだったんでしょうね」

「医者の話では、生死の境をさまよった人にはそういうことも珍しくないらしいよ。家族がどれだけの意味を持っているか、シェリーにもようやくわかったんだとぼくは思ってた」

「アリーシャには子供がいるの？」

「いや」

「かわいそうに。あんなに子供好きなのに」

「もういいよ、ダニエル！　ほんとにずるいやつだ。この家で妻と母親のかわりをしてくれないかと言われても、アリーシャが喜ぶとはとても思えないよ」

ようやく兄に心の中を言わせることができた。ダニエルはブランデーグラスで笑みを隠した。「きいてもみないでなぜわかるの？」

「なにをくだらないこと言ってるんだ」ラウールはつぶやくように言った。

「兄さんったら、砂の中に頭を突っこんで隠れた気になっているようなものよ。誰かがやってきてお尻を蹴《け》とばすまで待ってるんだわ」

「非常識だよ。アリーシャには仕事があるし、友達もいる。今ごろは誰かとつきあってるかもしれない。ひょっとしたら結婚してるかも」

「ということは、兄さんも考えてはみたのね」

ラウールは椅子に頭をもたせかけて目を閉じた。何カ月もぼくはシェリーのベッドの横に座り、アリーシャと似ているところを探して、わずかながらの慰めを得ていた。なんておかしな話だろう。妻には軽蔑《けいべつ》しか抱けず、妻だと思っていたアリーシャに愛情を感じていた。そんなことがアリーシャにわかるはずがない。自分でもよくわからないのに。わかっているのは、それが事実だということだけだ。

「もう兄さんは自由に新しい人生を生きていけるんだから、もう一度彼女に会うのが当然だと思うわ」

「やめてくれよ、ダニエル。数時間前にシェリーを葬ったばかりなんだぞ！」

「でもわたしは兄さんが自分を殺して毎日シェリーに付き添うのを見てきたのよ。でも彼女はついにあなたがいることに気づかなかったわ」

「もういいよ、ダニエル。もういい」

彼女は立ちあがって兄に近づき、椅子の横にひざまずいた。「自分を犠牲にするのはやめて、ラウール。自分の望みを否定するのはやめて。みんなアリーシャがあなたの人生を変えたってわかってるわ。彼女をシェリーだと思ったのはあなたが悪いんじゃない。シェリー自身に責任があるのよ。アリーシャを責めてるんじゃないでしょう？　彼女とシェリーが一緒にたくらんだとでも思ってるの？」

「まさか！　彼女は薬を飲まされて頭をひどく殴られたんだ。死んでもおかしくなかった。彼女にはなんの関係もないに決まってる」

「じゃああなたたちふたりにはなんの罪もないわ。知りあって惹《ひ》かれあうのは、すごく人間らしい自然なことでしょ」

「そんなに簡単なことじゃない。アリーシャはぼくと結婚していると思ってたから、ぼくを愛しているはずだと考えたんだ。ほんとうのことがわかればとまどうだろう。誰だってそうだ。ぼくたちのおかしな関係など思いだしたくないと思うだろうよ」

「でも兄さんは、自分自身の気持ちを無視しているわ。これだけ苦労したんだから、もう幸せになるチャンスをつかんでもいいとは思わない?」

「なにが言いたいんだ、ダニエル。もう話は十分しただろう。ぼくになにを言わせたいんだ?」

「アリーシャへの気持ちを認めてほしいのよ。せめて自分に対して。それから彼女に会いに行ってほしいの。あなたの気持ちを伝えて、彼女の気持ちを確かめて。話しあえる機会を作って」ダニエルはラウールの頬にそっとふれた。「兄さんはいつでも他人のことで苦労してきたわ。今度は自分の幸せのために戦わなくちゃ」

彼は首をふった。「こんな話を、よりによって今日という日にするなんて、信じられないよ」

「今日話をしてるのは、兄さんがこの夏オーストラリアから戻ってきて以来、五分以上一緒にいられるのは今日が初めてだからよ」

「それだけはほんとうだな。ぼくはこの数カ月、病院と子供たちと仕事のためにほとんどの時間を費やしていた。夢を追いかける暇なんてなかった」

ダニエルはやれやれというように首をふって立ちあがった。「あきらめたわ、ラウール。あなたは救いようがない」

彼は暗い目で妹を見あげた。「気づかってくれてありがとう。気持ちはありがたく思うよ」

「おやすみなさい、ラウール。わたしもう寝るわ」

クリスマスの四日後、ダラス・フォートワース空港を出ると、明るい日差しと穏やかな空気がラウールを迎えた。彼はタクシーをとめ、数カ月前から暗記している住所を告げた。

彼は二日間仕事でニューヨークにいた。フランスを発《た》つときはダラスに来るつもりなどなかった。新年のお祝い用にニューヨークに発送されたワインのことで問題が起きて、自分で解決するためにアメリカに来たのだ。

クライアントと直接話すと誤解も解けた。彼はほっとした気分でホテルに帰った。目的は果たした。もう家に戻ることができる。けれどもすぐにフランス行きの飛行機を予約することよりも、彼はアリーシャのことを考えていた。

今いるのはニューヨークだ。彼女が住む東海岸側だ。わずかな時間でダラスまで行ける。

ちょっと寄ってどうしているか見るくらいいいじゃないか。

彼は電話をかけて彼女がいるかどうか確かめようかと思った。学校は今休みのはずだ。ひょっとしたら街にはいないかもしれない。

けれども結局彼は電話をしなかった。臆病《おくびょう》なのだと自分でもわかっている。連絡をしたら彼女が喜ぶかどうか自信がなかった。ひょっとしたら会いたがらないかもしれない。ノーと言うチャンスを彼女に与えたくなかった。

いなかったら空港の近くのホテルに泊まり、翌朝の飛行機を予約すればいい。あいた時間はダラスの見物でもしよう。アリーシャが住んでいる街がわかるだろう。

彼女が住み、仕事をしている場所を訪ねたら、彼女の生活も少しは想像がつくかもしれない。それにどうせこれから数日はすることもないのだし。家族は年が明けるまでぼくは戻らないと思っている。休暇だと思えばいい。

タクシーが彼女の住む静かな通りに入っていく。この近くに来たのでちょっと寄る気になったとなにげなく言えば不自然なところはなにもない、とラウールは自分に言いきかせた。

彼はタクシーをおりてあたりを見まわした。一面に広がる芝生はきちんと刈りこまれ、一二月というのに青々としている。さまざまな黄色の花が咲いていていた。

「いるかどうか確かめてくるから、待っていてもらえるかな?」ラウールは運転手に頼んだ。チップをはずんだので、運転手は簡単に承知した。

彼は玄関に近づき、小さなスーツケースをそっとおろしてベルを鳴らした。しばらく待ったが、中で人の気配はしなかった。なんの音も聞こえない——音楽も、人声も、ラジオもテレビも。

彼女はいないのだ。

思ったとおりじゃないか。ラウールは自分に言った。彼はもう一度ベルを鳴らし、ちらっと時計を見てから、待っている車に戻ることにした。

いきなりからだが鉛のように重くなったような気がした。結局会えない運命なんだな。かがんでスーツケースに手を伸ばしたとき、ドアの向こうからかすかな音がした。

ラウールはぱっと身を起こした。ドアのロックがはずされる音が聞こえた。ドアがゆっくりと開く。彼はわきあがる思いを必死に抑えようとした。

アリーシャだ。光が後ろからあたっているので、彼女にははっきりぼくが見えないらしい。ラウールは彼女が気づくまでのほんの一瞬、じっとその姿を見つめた。

彼女はすばらしい。ほんとうにすばらしい。エメラルドグリーンのゆったりとしたワンピースを着ている。髪は前より短く、カジュアルなスタイルで、赤みが薄くなっていた。

彼女の瞳がこんなにみごとな緑色だったのを、彼は忘れていた。

「はい？」答えたとたん、アリーシャは相手に気づいた。彼女はびっくりして目を見開き、凍りついたように立ちすくんだ。「ラウール！」まばたきしたら彼が消えてしまうのではないかというように、彼女は目をぱちぱちさせた。

彼は不安になった。「お客さんが来ているとか、忙しいとかだったらぼくはすぐ――」

家の前にとまっているタクシーを指す。

「まあ、ごめんなさい。いいえ、大丈夫よ。ただ驚いただけ。まさか……つまり、あなたがわたしの家に来るなんて思いもしなかったから」

「タクシーを帰していいかな？　また呼ぶことにして――」

「もちろんよ。どうぞ入って」

彼が合図をすると、運転手は敬礼をして車を出した。

アリーシャは彼を中に入れ、先に立って廊下を歩いていくと最初の部屋に入った。ゆったりとした服をひるがえしてふりかえり、彼を見る。「お客さまの予定はないわ。今週は学校もないからのんびりしていたのよ」

ラウールは続いて部屋に入ると、彼女に近づいてその手をとった。「電話しないでほんとに悪かった」

「お仕事でいらしてるの？」

「うん、実はそうなんだ。急にニューヨークへ行かなくちゃならなくなって、せっかく来たんだからダラスに寄ってみようと思ったんだ。ひょっとしたらきみに会えるんじゃないかと思って」

彼女はまた激しくまばたきをした。アメリカを縦断することを〝寄る〟というの？

「コーヒーいかが？　もうお食事はすませてるの？　もしよければ――」

「気にしないでくれ、ほんとうに。座ってくれ。そんなに長居はしないから。ただちょっと会いたかったんだ――もしかまわなければ」

彼女は彼の言葉に従って腰をおろしたが、膝ががくがくしてもう立っていられないのがわかっていた。

ああ、どうしよう、ラウールが来た。ここに！　わたしの家に。二度と会えないと思っていたのに。もう会う理由がないんだもの、今では。

ラウールが向かい側に腰かけたので、アリーシャは彼を観察することができた。ずいぶんやせたわ。それに老けて見える。ふさふさとした黒髪の中にはかすかに白髪がまじっていた。

「シェリーの具合はどう？」

ラウールは視線をそらさずに言った。「二カ月近く前に亡くなった」

「えっ……まあお気の毒に。わたし、知らなくて」

「知らなくて当然だよ。公にはしないでいたからね。大騒ぎされたくなかったんだ」

アリーシャは彼のほうへ身を乗りだした。「意識は取りもどしたの？」

「いや」

なにかがからだの奥深くで裂けていく気がした。なにかがはがれていくような。ジャニーヌに言ったことは嘘《うそ》ではない。シェリーのことは知らないし、会いたいとも思わなかった。でも……。

目に涙があふれてきて、彼女は懸命にこらえようとした。

「驚かせるつもりじゃなかった」ラウールは静かに言った。

「そうじゃないの。もちろん彼女が助からなかったのはかわいそうだと思う。もう一度チャンスを与えられたら、彼女は変わることができたかもしれないのに。ただ——」アリーシャは口をつぐんで咳《せき》払いをした。「わたしもちょっと探偵めいたことをしたのよ、ジャニーヌに手伝ってもらって。そしてシェリーとわたしが姉妹だということを証明することができたの。それでわたし自身は満足できたわ」

ラウールも身を乗りだした。「証拠があるのかい？」

「わたしたちを見ればそれだけで証拠になると思わない？　こんな偶然があるとはわたしには思えないわ」彼女は膝に肘をつき、こぶしで顎を支えた。緊張で関節が白く浮きでている。「わたし、両親の友達何人かに連絡をとったの。それからわたしが生まれたころ近所にいた人たちにも。母が家で出産したがってたのをみんな覚えてたわ」

彼は目を細めた。「そういえばシェリーの母親は助産師だったね」

「そうなのよ。今考えると、母はおなかに双子がいるって知らなかったに違いないわ。救急車が到着したときにはひとり生まれてたってことをテルマ・ホプキンスは言わなかったのよ。母が病院に運ばれていったあと、彼女は片づけをするために残ったわけでしょう？　テルマを知ってる女性が教えてくれたの、テルマはシェリーがほんとは自分の子供じゃないって言ったことがあるって。シェリーのほんとうの母親は若い未婚の母で、出産のとき死んだって言ってたそうよ。それで自分の子供として育てることにしたんだって」

「そのことを不思議に思う人は誰もいなかったのかい？」

「役所は片親が届けたってなにも聞かないわ」

「シェリーは知っていたんだろうか」

「そうでなければわたしを見つけだしたりしないでしょう？」

「彼女が連絡をとってきたのかい？」

「わからないわ。わたしがジャニーヌに出した手紙によれば、わたしはパリで行われる教師の会議に急に招待されたらしいの。費用はすべて持つからと言われて。出かけたことは思いだせないけれど、それであのときフランスにいたことが説明できるわ」

「きみが招待されたことにシェリーが関係あると思っているのかい？」

「ありうると思うわ。悪く言いたくはないの、彼女は自分のしたことをすべて償ったことになるんだし。でも誰がやったにせよ、とても細かいところまで仕組んであったわ。わたしの髪を染めてスタイルを変えるところまで。身がわりを作るためにそこまでやれる人はシェリー以外いないでしょう」

「確かに」

「テルマを知ってる人の話では、彼女はちょっと変わった人だったらしいわ。彼女のしたことを考えれば、わからなくないけれど。彼女はシェリーに夢中だったそうよ。そんな中でシェリーがどんな子供時代を過ごしたのか、想像もつかないわ」

「シェリーから一度聞いたことがある。母親はすごく彼女をモデルにしたがっていたって。だから小さいころから仕事をしていたんだ」

「テルマは娘を世間にひけらかしたかったんじゃないかしら。だとすれば、彼女は自分の目的を果したと思ったでしょうね。自分の望みがシェリーにどんな影響を与えていたかも知らずに」

「もとの生活に戻っても、きみにとっては終わりじゃなかったんだね」

彼女はうなずいた。「わたしはどんなふうに育ってきたのかをずっと思いだそうと努めたわ。自分とそっくりの姉妹がいるなんて思いもしなかった。知っていたらわたしの人生もずいぶん変わったでしょうに」

「彼女の人生もね」

「そうね」

ラウールはアリーシャから目をはなせなかった。悲しげな表情の中にも彼女には輝きがあって、それが彼の目を引きつけていた。彼女がその視線に気づくと、彼は自分のあからさまな態度を隠すためあわてて話しだした。「きみがぼくに会ってくれるかどうか、不安だったんだ」

「なぜ?」ほんとうに驚いたような声だった。

「ぼくを見れば自分に起きたことを思いだすだろう」

「それはお互いさまでしょう。わたしのほうがもっとつらい思いをさせるんじゃないかしら」

「もうそんなことはないよ。きみとシェリーはまるで違う。今ではほとんど似ていないってことがすぐわかるよ。それにシェリーは最後の数カ月はほんとうにやせ細ってしまったけれど、きみは健康そうに輝いて見える」

彼女が恥ずかしそうに顔を赤くしたので、ラウールは驚いた。どうしてそわそわしているのだろうかと思いながら、彼は気楽な話に変えた。「今度のヘアスタイルはいいね。色が柔らかいほうがすてきだ」

彼女は髪にふれて言った。「こんなに短くしたことは今までなかったの。手間のかからないスタイルにしたかったから」そう言うと彼女はまた赤くなった。

ふいに現れたのを礼儀正しく受けいれてはくれたけれど、ほんとうはぼくがいると落ちつかないんだな。ラウールは腕時計に目をやり、椅子から立ちあがった。「さて、ずいぶん長居してしまったみたいだね。ちょっと寄ってきみと話したかっただけなんだ。子供たちもきみの手紙を喜んでいる。あの子たちを忘れないでいてくれてほんとうにうれしいよ」

アリーシャもゆっくりと立ちあがった。「あの子たちに会いたくてたまらないわ」

ラウールは彼女に近づいた。「ぼくは？　少しでもぼくに会いたいと思ったことはあるかい？」

アリーシャは顔をそむけ、彼と目を合わせないようにした。「もちろんあなたたち全員に会いたかったわ。お城での生活は楽しかったって、前に言ったでしょう」

「アリーシャ、こんなことを言うのは早すぎるのはわかってる、でもぼくは――」

話しはじめたとたん、アリーシャはさっと背を向けた。そのときラウールは初めて、彼女の全身を目にした。その姿に息ができなくなった。

彼女は彼に背を向けたままソファの向こう側に歩いていった。ソファが少しでも彼の視界をさえぎってくれるように。

「お願いだからなにも言わないで、ラウール」アリーシャは静かに言った。「来てくれてうれしかった。でもわたし……」彼女は口ごもり、それから顎をかすかにあげて穏やかに続けた。「シェリーがいなかったようなふりはできないわ。わたしが彼女にものすごく似ていることを気にしないでいることもできない」

ラウールはうめくような声で言った。「なぜ？　ぼくの子供がおなかにいるのを隠すことで精いっぱいだからか？」

15

隠すことができると思っていたわけではなかった。ラウール・デュボアが玄関に立っているのを目にしたときから、アリーシャにはなにも考えられなくなっていた。ゆったりとした服が隠してくれている間に、彼が知ったら尋ねるに違いない質問に対する答えを見つけようと思っていた。でも時間が足りなかった。思いがけないシェリーの死の知らせに混乱してしまった。

彼の赤ちゃんがおなかにいるとわかったとき、ラウールには言うまいと決めたのはとんでもない間違いだった。言わないと後悔することになるとジャニーヌから言われていた。彼はちゃんと責任をとるタイプに思えると彼女は言っていた。それに、敵にしたくないタイプでもあるようだと。

ラウールはソファをまわって近づいてきた。彼の怖いほどの視線から守ってくれるものは、それでなにもなくなってしまった。

彼女は深く息を吸いこみ、ゆっくりと吐きだした。どうにか落ちつかなくては。「驚いたわ」ちょっと肩をすくめてみせた。「どう言ったらいいのかわからないわ」

「驚いたのはこっちだ!」ラウールは彼女の手をとり、ソファのほうへ引っぱっていくと、黙って座るように示した。彼はその隣に腰をおろした。ふたりの膝がふれあい、彼女の体温を感じた。「どうして言わなかった?」

こんな場面をどうして予想できただろう? もう二度と会うことはないと思っていたのに。彼女は混乱する頭をどうにか静めようとした。

「初めてわかったときは言おうと思ったの、でもあなたはいろいろたいへんなことを抱えていたし、だから——」

「きみがぼくに言いたくなかったのは、このぼくを守りたかったからだって言いたいのか?」

「まあそうね、それもあったわ。あなたには責任なんて——」

「ぼくに責任がないんだったら誰にあるんだ? きみも聖母マリアのように処女懐胎したとでも言うのかい」

「いいえ、そんな……わたしが言いたかったのは……」

ラウールはじっと座っていられず、髪をかきむしりながら部屋の端まで歩いていった。それからいきなりふりかえってアリーシャを見た。「ぼくはなんてばかだったんだろう。きみが妊娠しているかもしれないなんて一度も考えなかった。ただの一度も! きみがぼくの子供を宿してる可能性を考えもしないで、去っていくきみを見送っていたなんて」

「でも、あなたは――」

「予定日は?」

「お願いだからわたしの言うことを最後まで聞いてくれない?」彼女はすっくと立ちあがって叫んだ。

彼はびっくりしたように彼女を見つめた。

今までこんなに怒ったことがあっただろうかとアリーシャは思った。彼は説明するチャンスも与えてくれない。わたしのしたことのわけを話して、謝るチャンスを与えてくれない。

アリーシャはもう一度腰をおろすと、手を重ねて膝の上に置いた。「ねえ」彼女はとても静かな声で言った。「驚くのはわかるわ、でもちょっと落ちついてくれれば、わたしたち、理性的な大人として話しあえるはずよ」

ラウールは窓のそばに歩いていき、両手を後ろで組んで外の景色をにらみつけた。「それは期待できないね」彼はいらだたしげにつぶやいた。

アリーシャはもう一度深く息を吸いこんで話しだした。「わたしが妊娠を知ったのは、八月に毎年する健康診断を受けにいったとき――」

彼はぱっとふりむき、また彼女のほうをにらんだ。「八月だって! 何カ月も前から知っていて——」

アリーシャが片手をあげてさえぎると、彼は口を開けたまま言葉をのみこんだ。

「まだダラスに戻ってきて二週間しかたっていなかったのよ。シェリーは入院していたし、彼女があなたにとって大事なのはわかってたわ」

「ばかなことを言うなよ！　ぼくはきみだけじゃなくきみのからだにも責任があるんだ。いくらきみを妻だと信じていたにしても、ぼくは当然——」

ふたたび彼女は片手をあげ、彼が口をつぐむのを待った。「わたしたちは間違っていたの。あなたは別の女性と正式に結婚していたのよ。あなたにそれ以上の悩みを背負わせることはできなかった。そうでしょ、あのときのあなたにできることはなにもなかったのよ」

ラウールはうんざりしたような顔で彼女を見た。「するときみは、誰の助けも求めずにやっていくつもりだったのか」

アリーシャはちょっと彼を見てから、心を決めて話しだした。「ほとんど人に話したことはないけれど、わたしは夫が死んで間もなく流産したの。子供が生まれていたら、わたしは母親役も父親役もひとりで務めるつもりでいたわ。わたしの両親も夫の両親ももういなかったし、誰も助けてくれないことはわかっていたの。でもわたしはすごく子供が欲しかった」彼女は優しくふくらんだおなかに手をあてた。「妊娠を知ってショックだったことは否定しないわ。妊娠の可能性なんて頭に浮かんだこともなかったから。でもいったんショックから抜けだすと、ずっと欲しかった子供を産むチャンスを神さまが与えてくださったんだって思うようになったの」

ラウールはちょっと黙ったまま彼女を見つめていたが、やがて彼女の向かいに腰をおろした。彼女は落ちついた声で続けた。

「あなたにできることはほとんどないと思ったの。あるとしても金銭的な援助だけ。でもお金はわたしには必要ないわ。わたしは自分でちゃんとやっていける。教師をしているのは教えるのが好きだからよ、仕事しなければならないからじゃないわ」彼女は少し悲しげな目になった。「わたし、クラスの子供たちに話したの。今年の夏急に結婚したって。相手はヨーロッパの人だから、たぶんアメリカには引っ越してこられない、だからこれから夏はフランスで過ごすことになるだろうって言っておいたわ」彼女はその日のことを思いだしてほほ笑んだ。「みんなすごくロマンティックだって思ったみたいよ」

ラウールは大きく息を吸いこんだ。「よかった。とにかくそれで少しは――」

アリーシャがまた手をあげたので、彼は口をふさがれたように話をやめた。彼女は優しい声で言った。

「わたしは作り話をしたのよ、ラウール。おとぎ話よ……子供を守るための」

「でも十分事実に近い」

「近いだけじゃ意味がないわ。あなたもよくわかっているとおり、わたしたちは結婚していないのよ。結婚したことなんかないのよ」

彼はあたたかなほほ笑みを浮かべた。「それはすぐに訂正できることだ」

アリーシャは悲しげに首をふった。「あなたは責任を感じて結婚しなくちゃいけないって思うような人ね」

「そのとおり、もちろん責任は感じてる。ぼくはもうきみと結婚できるし……それに結婚するつもりだ」

「いいえ、だめよ。シェリーはまだ亡くなったばかり――」

「もっと大きな問題があるのに、そんなしきたりみたいなことにかまっていられない。きみのおなかにはぼくの子供がいるんだ」

彼が子供を欲しがるのはわかっていた。アリーシャはなだめるような声で言った。「ええ、わかってるわ。すべてうまくいけば、たぶん来年の夏にはあなたの家に行けるでしょう」

彼は気が狂ったのかというような顔をした。「冗談だろう？　夏休みにぼくの子供を連れて会いに来るっていうのか？　情け深いことだね」

「皮肉はやめて」

「じゃあばかなことを言うのはやめてくれ」

「そんなこと言ってないわ。片親と住んでいる子供はたくさんいるのよ。だからって愛情を知らないってことにはならないわ」

「筋が通らないよ」

「そんなことないわ」

「ぼくはきみの論理には賛成できない」

「結婚してもわたしたちはうまくいかないわ」

「どうしてそんなことが言える！」ラウールは声を荒らげたが、彼女の目を見て口をつぐんだ。それから彼女のほうへ身をかがめてささやくように言った。「この夏ぼくたちはなんの不満もない楽しい結婚生活を送ったじゃないか」アリーシャのふくらんだ腹部を指す。「それ以外に、どうしてそういうからだになったのか説明できるかい？　ぼくたちは一緒にいるのが楽しかった。ママンもダニエルも子供たちもきみが大好きだ。結婚が一番の解決法なんだ」

彼女はだんだん自分が不利になっていくのを感じていた。「わからないの？　結婚なんて全然必要ないのよ。あなたは誇り高い人だってことはわかってる、それに自分の責任は必ずちゃんととる人だってことも。だけどわたしも自分の責任をとりたいの」彼女は立ちあがり、ソファの後ろ側へまわると、背に両手をかけた。「話すべきことはもうすべて話したと思うわ」声がふるえてきそう。「来てくれてありがとう。子供たちによろしく。お母さまやダニエルにも」

ラウールは立ちあがって彼女を見つめた。長い沈黙の中に張りつめた空気が流れていく。

「きみの言うとおりだ。きみはシェリーとは違う。たとえ彼女でも、ぼくから子供を奪うような残酷なことはしないだろう。とても残念だよ、アリーシャ。きみは自立しようとばかり考えていて、まわりの人をどんな目にあわせているか気がつかない。自分ひとりで妊娠したんじゃないんだ。ぼくたちの子供には、きみからだけじゃなくもっとたくさんのことが与えられるべきなんだ。ぼくたちの子供はきょうだいと一緒に暮らす権利がある。あたたかい家庭の一員になる権利がある、でもきみは、その賢い頭で――」彼は吐きだすように言った。「まだなにも知らない子供にかわって、神のようにものを決められると思ってるんだ」

ひと言ひと言が彼女の心を打ちのめすようだった。ぼくたちの子供。そんなふうに考えたことはなかった。妊娠とわかったときから、子供はわたしの赤ちゃんだった。デニスが死んだあと、おなかの中の赤ん坊に対してそう思ったように。

妊娠のことを知ったとき、わたしにとってラウールはもう死んでいた。

彼を愛している。もちろん。でも彼との結婚を考えたことはなかった。たとえシェリーと離婚したとしても。シェリーが助からないかもしれないということは考えたくなかった。

でも今、考えられないような事実にぶつかった――シェリーはこの世を去り、ラウールわたしがここにいる。いつものように強い態度で、正しいことをさせろと要求している。わたしの赤ちゃん、彼とわたしの赤ちゃんにとって、彼を拒むのは正しいことなのだろうか。

「あなたの申し出を考える時間を少しくれないかしら」彼女の声が張りつめた空気の中に響いた。

彼の強い視線がレーザー光線のように彼女を射抜いた。「それできみがぼくの立場をもっとわかってくれるのならね。ぼくへの反論をかためるつもりなら、そんな時間は必要ない。無理やりきみと結婚することはできないからね。ぼくと結婚すればシェリーのように不幸になると思うのなら、ぼくは今すぐここを出て、もう二度ときみの人生に立ちいらないよ」

その冷酷な言葉と事務的な口調にアリーシャの心は締めつけられた。彼が怒るのは当然じゃないの。思いがけず会いに来てくれたのに、ひどい仕打ちで応《こた》えたのだから。

「わたしたち、ふたりとも少し時間が必要だと思うの」アリーシャは慎重に言葉を選びながら言った。「環境がすごく変わったんだもの。あなたには二カ月あったから、シェリーの死を受けいれられたかもしれない。でもわたしにとってはまだたった数時間なのよ」

ラウールは彼女の顔色が悪いのに気がついた。身重の彼女に癇癪《かんしゃく》をぶつけるなんてことがどうしてできたんだろう？　今度も流産したらどうするんだ？　彼女と結婚するための一番の口実にもなるぼくたちの子供を失ったら？

彼は自分の態度にうんざりした。もう一度彼女に近づき、今度はそっと親指で彼女の頬をなでた。「ほんとうにばかだった、怒鳴ったりして……きみを怯《おび》えさせたりして」そっと唇を合わせた。「すまなかった。きみといるとぼくはいつも自分をコントロールできなくなる。きみはぼくを感情的にさせるんだ」

彼が急に優しくなったので、アリーシャは目を見開いた。「わたしこそ。いきなりこんなことを聞かされたらどう思うかくらい、わかってもよさそうなものよね」

「きみがどうしたいか決められるまで、いくらでも時間をあげるよ。その結論がどんなものでも受けいれると約束する」それからラウールはまた軽くキスをした。「さて、タクシーを呼ぶから、電話を貸してもらえるかな。でも、もしきみがかまわなければ、電話は明日にしたいと思うんだけど、どうだい?」

まったく。どうすればわたしにうんと言わせることができるか、彼はよくわかっている。

「あの、ええと、部屋は十分あるから、よければ泊まっていけるわ」

「ほんとうにそれでいいのかい?」

「だって、あなたが泊まる場所を探すなんて、ばかばかしいじゃない。ゲストルームへ案内するわ。それにおなかがすいてきたでしょう。なにか作るから――」

「よければ食事に連れていきたいんだけどな。きみに面倒をかけるわけにいかないよ、ぼくがいきなり来たんだから」

「あなたがそうしたいのなら」
「うん。そうしよう」
アリーシャはちょっと彼の顔を見つめていたが、やがてうなずいて廊下のほうへ歩きだした。ラウールはそのあとをついていった。彼女は彼にゲストルームを見せると、一瞬困ったような笑みを浮かべ、それから廊下の突きあたりの自分のベッドルームへ行って静かにドアを閉めた。

これからの数時間が、これまでで最も重要な時間になるとラウールにはわかっていた。ふたりがうまくいくと彼女に信じてもらえるかどうかは、自分にかかっている。人生で一番不思議な経験から、ぼくたちふたりの子供という結果が生まれた。これまでの悲劇的で無意味な人生に、神は新たな希望と夢を与えてくれた。アリーシャの信頼と愛を得るために、ぼくはどんなことでもやらなければ。

思っていたより帰りが遅くなってしまった。コーヒーとデザートを前に、アリーシャはダラスでの子供時代の思い出や、学校時代のこと、結婚生活のこと、教師としての生活のことなどを彼に話した。

ラウールは話にずっと熱心に耳を傾けてくれたので、彼女はとてもうれしかった。張りつめた雰囲気はどこにもなかった。

ガレージに車を入れると、ラウールは助手席のドアを開けた。「遅くまでつきあわせて悪かった」彼女があくびをかみ殺そうとしているのを見てそう言った。

アリーシャは笑った。「とっても楽しかったわ。学校の生活に合わせて早く寝るのに慣れているだけ。明日はゆっくり寝ていてもいいんですもの」

ふたりはガレージから通じる裏口を通ってキッチンに入った。「きみのことをもっと知ることができてよかった。話を聞かせてくれてありがとう」

彼女はにっこり笑った。「今は記憶がほとんど戻ってきてずっと楽になったけれど、話してみるとわたしの人生ってまるでありきたりね」ちらりと彼を見あげたが、すぐに視線をそらす。「こんなおかしな状況であなたに会うのは、これまでわたしに起きたことの中で一番ドラマティックだわ」

「もし許してくれるなら、ぼくにはひと晩中やっていたいことがあるんだ」ラウールはゆっくりと言うと、そっとアリーシャを抱きよせてキスをした。彼女が身を引かないのを見て、彼はさらに彼女を引きよせ、キスを深めた。

これを恐れていたんじゃないの、とアリーシャは自分に言った。でも一方ですごく望んでいた。今の彼女には、ふたりの関係がいいか悪いか、もう考えられなかった。彼女はただこの時に身をまかせた。

ラウールが彼女を抱きあげたとき、アリーシャは抵抗すらせずに両手を彼の首にまわした。彼女のベッドルームに入ると、彼はそっと彼女の服を一枚ずつ脱がせていき、肌があらわになるたびにキスをした。やがて彼女は一糸もまとわぬ姿になった。

ベッドカバーを引きはがして彼女を横たえると、ラウールは静かに彼女のからだに手をすべらせていき、腹部でとめた。「とても美しいよ。きみを見た瞬間に輝いていると思ったけど、なぜなのかわからなかった。きみの中にぼくの子供がいることがうれしいよ。ぼくが今きみの一部になっていると思うと感謝したい気持ちだ。愛しているよ、アリーシャ。自分の愛している女性が誰なのかわかる前から、ぼくはもうきみを愛していたんだ。もしぼくが夫なら男を見る目があるんだってきみが言ったとき、ぼくはうれしくてひっくりかえりそうだったよ」

アリーシャはからだを隠そうともせず、彼の言葉を味わっていた。病院で目覚めたばかりの混乱した頭で自分が発した言葉に、思わず顔を赤らめる。「あんなこと、口に出さなければよかった」

彼はにやっと笑った。「まったくぼくの妻らしからぬ言葉で、びっくりしたよ。なぜぼくがきみと結婚したいのかを絶対に勘ぐらないでくれ、アリーシャ。ぼくの人生にきみがいてほしいと思うのは、ぼくが愛しているのはきみだからだ。赤ん坊はその気持ちに拍車をかけたにすぎない」

「わたし、二月末まで仕事を続けるって学校と契約してるの」

「かまわないさ。ぼくはフランスに戻って準備をしておく。仕事のめどをつけたらここに戻ってきて、きみと一緒にいるよ。ぼくとフランスに行けるようになるまでね」

「そんなことをしてくれていいの?」アリーシャは言った。

「きみのためならなんだってするさ。きみは、ぼくにとってなにより大切な人なんだ。できるかぎり、きみと離れていたくない」

アリーシャは片肘をついて身を起こし、彼のネクタイに手をかけた。「ひとりだけ服を着すぎだわ」

ラウールはほほ笑んだ。「じゃあぼくのしたいことに賛成してくれるのかい?」

彼女はからだを起こして正座すると、彼の肩からジャケットを落としてシャツのボタンをはずしはじめた。「わたしは昔からフランスのものには弱いのよ。どうしてあなたに逆らえて?」

16

彼女はふたたびフランスの城へ帰ろうとしていた。夫のラウール・デュボアとともに。この門を初めて通ったときには、青々とした木々が夏の風景を彩っていた。でも今はすっかり冬景色になっている。

初めて来たときにはこの場所も、自分の名前も知らなかった。今ではここの記憶がたくさんある。とてもすばらしい思い出が。そして自分の名前も知っている。アリーシャ・コンラッド・デュボア。薬指に光る結婚指輪がそれを証明していた。

初めて来たときはうろたえていて、ちょっと怖かった。でも狼狽《ろうばい》も恐怖も今はない。ただ不安は、まだどこかに残っているような気がしてしまう。

家族みんなが待っているよ、とラウールが安心させてくれた。彼はふたたびダラスにやってきて、荷造りを手伝ってくれた。それから荷物を船便で送ったあと、彼女のコンドミニアムを売りに出し、車を買ってくれる人を探してくれた。

彼が来てくれてとても助かった。アリーシャはますますラウールのことを愛していた。

彼女が結婚に同意すると、彼はすぐに結婚しようと言いだした。彼女は反対したが、なにを言っても彼の気持ちをひるがえすことはできなかった。

今でもアリーシャは結婚は早すぎたと思っていた。おなかはどんどん大きくなってきているけれど。彼女が折れたのは、ラウールがあまりにも頑固だったからだ。

パリに着くと、ハネムーンのつもりで一週間ほど泊まっていこうと、びっくりするようなことを彼が言った。彼はすでに彼女の新しい服をオーダーしていた。出産まで楽に着られるような服だ。

クロゼットには彼女自身が選んだものを入れてほしいとラウールは言った。彼女はパリ中引っぱりまわされ、サイズを測られ、試着をして、少しパリ見物もした。それでもほとんどの時間はベッドの中で過ごした。

城に向かうころには、アリーシャはすっかり甘やかされている気分だった。横にいるラウールが、元気そうな顔をしているのが彼女にはうれしかった。

それにずっと落ちついた感じに見える。体重も少し戻った。前よりよく笑うようになり、けわしい眉間《みけん》のしわも薄くなったような気がする。

「なにを見てるんだい？」彼は道路に目を向けたまま言った。

「あなたを見ているのが楽しいの」アリーシャは即座に答えた。「見ていても別に緊張しないでしょ？」

「すると言ったら?」

アリーシャは笑った。「あなたが緊張することがあるなんて信じられないわ」

「ところが意外とあるんだよ」

実はアリーシャのほうが、彼の家族に再会することを思って少し緊張していた。「ほんとうにわたしが妊娠していることを話した?」

彼は指を鳴らした。「なにかやっておかなきゃいけないことがあったと思ってたんだ」

アリーシャは彼の肩をたたいた。「まあ、ひどい!」

「言っても無駄かもしれないけど言っておきたい。ほかの誰がどう思おうと、ぼくにはまるで関係ないよ」

アリーシャは唇をかんだ。「理論としては正しいけど、現実には、わたしにとっては大違いよ」

正面玄関で車をとめたラウールが車を出て、アリーシャがおりるのに手を貸した。おなかがどんどん大きくなって、もう誰かに助けてもらわないと困るようになっていた。

ふたりがロビーに入ると、すぐにダニエルがサロンから出てきた。「音がしたと思ったのよ!」彼女は飛んできてアリーシャを抱きしめる。「ほんとに戻ってきてくれてよかった」それから少し離れてアリーシャを見た。「すごく元気そうだわ」

「あなたもお元気そうね」

ダニエルは笑って片手を差しだし、きらきら輝く指輪を見せた。「それも当然。ちょうどいいときに来てくれたわ、結婚式の計画を立てるのを手伝って！」

「すてき！　まあ、ダニエル、わたしすごくうれしいわ」アリーシャはもう一度彼女を抱きしめた。

「あなたがいなければ絶対にこんなこと起こらなかったのよ」ダニエルは目を輝かせた。

「わたし？　わたしはここにいなかったわ」

「この夏、わたしを助けてくれたわ。あなたみたいにきれいじゃなくても、わたしにも魅力があるのかもしれないって思わせてくれた」

「まあ、ダニエル。あなたが自分のことをきれいだと思ったことがないなんて信じられない」アリーシャはラウールを見あげた。「ねえ」

ラウールは妹を抱きよせ、指輪をほめて言った。「なにか食べて、あたたかい暖炉の前でくつろぎたいな」彼はふたりの手をとってサロンへ向かった。「ああ、ママン」

フェリシティが立っていた。彼女の目はアリーシャのふくらんだ腹部に注がれている。

それからゆっくりと視線をあげ、アリーシャと目を合わせた。

アリーシャはなにを言ったらいいのかわからなかった。見定めるような視線をどう受けとめたらいいのか。ところがフェリシティが優しくほほ笑んで両手を差しだしたので、彼女はぽかんとしてしまった。

「疲れたでしょう。さあ、火のそばにお座りなさい。どうしていたか聞かせて。ダラスのことやあなたの生徒さんのこと、なんでも聞きたいわ。イベットがあなたの手紙をいつも見せてくれてね」

アリーシャはフェリシティに近づき、両手を彼女のからだにまわした。「ありがとう、ママン。また戻ってこられてほんとうにうれしいです」

数日後、ラウールの大きなベッドに横たわり、彼の腕の中で安らかな夜を過ごしたあとで目覚めたときも、彼女の頭の中はうれしさでいっぱいだった。

悪夢はすべて消えた。子供たちは会えてとてもうれしそうにしてくれた。イベットはもう学校に行っている。ジュールももう赤ちゃんではない。彼はどんなときでも自分の望みがわかっていて、それを手に入れようと頑張る。明らかに、意志の強い父親譲りの性格だ。ラウールは早くに家を出るが、きみまで早く起きることはないと彼が言うので、アリーシャは素直にもう一度眠った。

誰もがあたたかく接してくれる。シェリーのことやアリーシャが昨夏この城に来たいきさつを口にする人はひとりもいない。昨日彼女はシェリーの墓へ行き、長い間その前に立っていた。そしてその静かな場所に過去を置いていこうと決めて、その場を去った。

赤ちゃんが動いた。アリーシャはほほ笑んでおなかをさすりながら、愛情と満足感に包まれるのを感じた。

彼女は重たいからだを起こして立ちあがり、ダイニングルームへ行った。出ている食器は彼女のぶんだけだ。みんなもう朝食をすませたらしい。

ブリオッシュとクロワッサンを皿にとって腰かけたとき、彼女の席に手紙が置いてあるのに気づいた。ジャニーヌが手紙を書いてくれたのだろう。

アリーシャはほほ笑みながら手紙を手にとった。そのときようやく、消印がフランスで、見覚えのない字であることに気がついた。宛名《あてな》はマダム・ラウール・デュボアとなっている。彼女は不思議に思いながら開けた。便箋《びんせん》が数枚出てきた。

便箋を開いた彼女は凍りついたように最初の行を見つめた。不安にかられながら、引っかいたような文字の並ぶ高級な便箋に目を走らせた。

〈シェリーへ

昔の友達なんて忘れたっていうのかい？　おまえを今週初めにパリで見かけた。気づきもしなかったみたいに通りすぎていったね。悪いがそんなふりをしたって無駄だ。具合がよくなったみたいでうれしいよ。夏はちょっと心配したんだぜ。どうやらなにも疑わないだんなに愛想をふりまくことにしたらしいな。たいしたもんだ、おまえはいつだって心臓の強い女だったからな。

おまえはおれにずいぶんと借りがあるんだ。この半年支払いがないし、こっちもいらいらしてきてる。金曜にいつもの場所で待ってるよ。

おまえの腹にいるのが誰の子か、気の毒なだんなに知られたくないだろう？
チャオ、M〉

最後のほうは字がなかなか読めなかった。手紙が揺れていたからだ。しばらくしてやっと、持っている自分の手がふるえているのだと気がついた。

わたしをシェリーだと思っている人がいる。この手紙の感じだと、手紙の主はマリオという男に違いない。パリで出会っていたなんて！　それどころか知らずにすれちがっていた。ラウールと一緒のときだろうか？　一緒だったはず。ひとりで出かけたことなどなかったもの。だからマリオもわたしに声をかけなかったんだわ。

彼はお金を欲しがっている。でもシェリーが死んだことは知らない。

アリーシャはしばらく手紙を見つめ、どうするか決めようとした。完全に無視してしまおうか。そうすれば彼も手を出すチャンスはない。じきに彼は逮捕されるだろう。

こんなことがいつになったら終わるの？　悪夢がいつもどこかに潜んでいる。

「ああ、ここだったのね」ダニエルがダイニングルームに入ってきた。「ご一緒していい？　ちょっとアドバイスしてほしいの」

アリーシャは手紙をポケットに入れた。「わたしで役に立つかはわからないけど、喜んで」

ダニエルはカップにコーヒーをついで彼女の向かいに腰をおろした。「ラウールにせきたてられてそそくさと結婚したこと、後悔してる?」

「後悔はしてないけど、少し急ぎすぎたかしらね」

「いいえ、わたしがききたいのは、招待客リストが延々と続いて、付き添いの人がたくさんいるような、盛大な結婚式をしたかったかってこと」

「こんなからだではそれは考えられないわね。でも今のような状態でないとしても、わたしはささやかな式がいいわ。最初の結婚のときは友達や親戚《しんせき》だけでも頭が痛くなったもの」

「そうそう、明日一緒に買い物に行ってくれるかどうかきこうと思ってたのよ。髪を整えてきたいの。それに一緒にお昼を食べて、ぶらぶらしましょう。付き添いの人のドレスはどんなのがいいか、あなたのアイディアを聞きたいの。それに、イベットとジュールにすてきなものを着せてあげたくて」

アリーシャはほほ笑んだ。「このごろはあんまり早く歩けないけれど、一緒に行きたいわ」

「よかった。で、招待状のアイディアがいくつかあるんだけど」

アリーシャはダニエルの話に耳を傾け、ポケットの中の手紙のことは忘れようとした。

翌日は穏やかな天気だったのでアリーシャはありがたかった。彼女とダニエルはいくつも店をまわり、ダニエルの美容院の予約時間になると、あとでレストランで待ちあわせることにして別れた。アリーシャは店をぶらぶらしながらレースのベビードレスを眺めて楽しんだ。

足が疲れてきたのでレストランに早めに行き、テーブル席を見つけてコーヒーを頼んだ。腰かけるとほっとする。足首が腫《は》れているようだ。彼女はぼんやりとおなかをさすりながら目を閉じた。

「手紙は見たか？」

アリーシャは目を開け、小さなテーブルの向こう側にいる男を見つめた。「どこから現れたの？」

「通りでおまえを見つけてつけてきたんだ。おまえがここに入ったから、ちょっと挨拶《あいさつ》するにはいいチャンスだと思ってね。それにちゃんと手紙を受けとったか確かめたかったし」

アリーシャはこの男を前に見たことがあるかどうか思いだそうとした。浅黒い肌、つやつやした黒髪に黒い瞳。ひと目で高級品とわかるスーツを着ている。その笑みから、自分のルックスのよさを承知しているのがわかる。彼がとても魅力的な男であることは確かだ。

こういうタイプが好みとすれば、だけれど。

なれなれしい視線に嫌悪感を感じた。彼の目が自分の服の下まで見通そうとしているような気がした。「ねえ、あなたは勘違いしてるのよ——」

「いや、シェリー、勘違いしてるのはおまえだよ、もしもおれをあんなふうに無視できると思ってるのならね。ずいぶん長い仲じゃないか。忘れるんじゃない、おれはおまえのためにすべてを危険にさらしたんだ。おまえと生き写しの女先生まで見つけてやっただろう? 忘れるなよ、ふたりであの女を替え玉にしたんだ、これがばれたらおれたちは面倒なことになったはずだ」マリオは笑った。「でもばれやしなかったよな? ところがおまえはずるいことをした。おれは去年の秋ダラスの友達に確かめたんだよ。誰だかわかるだろう。娘をあの女が教師をしてた気取った学校に行かせてるやつさ。あの女はまだそこで教えてるそうだぜ。いったいどんな手を使ったんだ? みんなギャグだって、悪気はなかったとでも言ったのか?」マリオは椅子にもたれて腕を組み、彼女に向かってにやっと笑った。「どうやらラウールはまったく疑っていないらしいな。おまえはほんとにたいしたタマだな」

「ああ、来てたのね。遅くなってごめんなさい、でもこの——」

ダニエルはアリーシャがひとりでないことに気づいて口をつぐんだ。その隙《すき》にアリーシャはぱっと立ちあがり、ダニエルの腕をつかんだ。

「心配ないわ。まだ間に合うと思うの」アリーシャはそう言うと、立ちあがろうとした男に軽くおじぎをした。「立たなくて結構よ。どうぞゆっくりお昼を食べていてちょうだい」

彼女はダニエルを引きずらんばかりにして店を出ると、車に乗りこんだ。

「アリーシャ、いったいどうしたの？　走ったりして、転んだらどうするのよ。なにがあったの？」

「お願いだから車に乗って。ここを出たらすぐに説明するわ。お願い！」

ダニエルはアリーシャの顔を見るとなにも言わずに乗りこみ、車をスタートさせた。

「さあもういいでしょ、話して」

「ワイナリーへ行ってくれない？　今すぐラウールに会いたいの。わたしだけじゃ無理だわ。彼に話さなくちゃ」

「さっきのあの男は誰？　知り合いなの？」

「いいえ、知らないわ。ラウールのオフィスに着いたらあなたの質問全部に答えるから。いい？」

胸がどきどきして、アリーシャは懸命に息を静めようとした。なんておかしなことになってしまったのだろう。またシェリーに間違えられている。しかも最初のきっかけを作った男に。どうしたらいいのかわからない。とにかくラウールに知らせなくては。彼ならなんとかしてくれる。

ラウールがいてくれてよかった。

17

アリーシャとダニエルが入っていったとき、ラウールは電話中だった。彼はにっこり笑って手招きし、電話を終えると、アリーシャに出迎えの挨拶《あいさつ》にしては長すぎるほどのキスをし、にやっと笑って妹のほうに目を向けた。

「ふたりで寄ってくれるなんてうれしいね。食事はどうだった？」

あまりにセクシーなキスにアリーシャがぼうっとしていると、ダニエルが口を開いた。

「それがまだなの。あればなんでも喜んでいただくわ。おなかがすいて死にそう」

ラウールは不思議そうに眉をひそめてアリーシャをふりかえった。「今日はふたりで食事をするんじゃなかったのかい」

「そうなの、でも……」アリーシャはどう話を切りだそうかと考えた。

「思いがけない人が現れたのよ」ダニエルが言う。「アリーシャは驚いて、それで……」

ラウールは彼女を見おろした。彼女の表情からなにか察したらしく、彼はすぐに彼女を椅子に座らせた。「なにがあったんだ？」

「マリオがいるのよ」

「マリオ?」

「シェリーと一緒にいた男よ」

ラウールは顔をこわばらせた。ダニエルにも腰かけるよう示すと、彼は机に寄りかかって腕を組んだ。「どうしてわかる?」

アリーシャはまごついた。「わたしに——というより実際はシェリーにだけど、昨日彼から手紙が来たの」

ラウールは眉をあげた。「それで?」穏やかな声で尋ねる。

「マダム・ラウール・デュボアあてになってたから開けてみたんだけれど、手紙はシェリーに書かれたものだったの。Mってサインしてあったわ。パリでわたしに会ったけど無視されたって書いてあった。わたしがこの半年お金を払ってないから、いつもの場所で会おうって。言うとおりにしないと、おなかの赤ちゃんの父親が誰かあなたに言うって」

ラウールは考えるような目でアリーシャを見た。「なぜぼくにその手紙を見せなかった?」

そうきかれることはわかっていた。彼女はそわそわしながら答えた。「無視しようと思ったの、それにあなたに話しても意味がないと思って。差出人の住所はないし、彼の居場所はわからないわ。待ちあわせ場所というのも知らないし、行かないでいれば彼はもうわたしが彼に興味がないと思ってあきらめてくれるんじゃないかと思ったの」

「シェリーが、ということだね」

「ええ」

「するとシェリーが死んだことを知らないんだな」ラウールはつぶやいた。

「そうらしいわ」

「それで今日は？」

「通りでわたしを見かけて、ダニエルと待ちあわせていたレストランまでつけてきたって言ってたわ。彼はわたしに、つまりシェリーに、いろいろしてやったろうと言いだしたわ。教師も見つけてやったって」

「きみは自分が誰か話した？」

「いいえ。なにも考えられなかったの、うろたえてしまって。ダニエルが来るとすぐに適当なことを言って出てきたの。そしてそのままここに来たのよ、あなたに話そうと思って」

「ぼくを仲間に入れてくれて感謝するよ」

冗談めかした口調だったが、アリーシャもダニエルも笑う気になれなかった。

「マリオがフランスにいることを警察に知らせよう。彼の容貌《ようぼう》を教えてくれないかな」

アリーシャは男の顔立ちをラウールに話した。

彼はアリーシャの使った言葉をひと言抜きだした。「魅力的？」

「ええ」

アリーシャの返事を確認しようとするように彼はダニエルのほうを見た。ダニエルもうなずいた。「なにかこれ以外に、警察が捕まえる手助けになるようなことがあるかな？」

しばらく考え、それからアリーシャは首をふった。

ラウールはからだを起こした。「じゃあきみたちは家に戻ったほうがいい。帰ってから話をしよう。ぼくから警察に伝えておく」

「ラウールったら怖かったわね」城へ向かう車の中でアリーシャは言った。

「あなたをすごく心配してたのよ、顔に出てたわ」

「手紙のこと、話しておくべきだったわね」

「昨日はそれでよかったのよ。わたしはあなたに賛成だわ。妻がほかの男とつきあっていたなんてこと、彼に思いださせてどうなるの？」

「わたしの思ったことと同じね」アリーシャはダニエルのほうを見た。「過去は忘れて、ラウールとの新しい生活を築いていこうとしてたのに」

城のそばまで来たとき、ダニエルが声をあげた。「なあに、これ？」

野菜を載せたトラックが城の門の前で立ち往生している。その後ろに車が三台並び、運転手たちがトラックに向かって叫んでいる。

アリーシャはくすくす笑った。「こういう狭い道路はときどきほんとに危ないわね」

ダニエルは車をとめた。「待ってるしかないわね、ほかに城へ行く道はないし。食べ物にありつけるころには、気絶寸前だわ」

「わかるわ、わたしも――」

助手席のドアがぱっと開いた。アリーシャのシートベルトがぐっと引っぱられ、彼女はなにが起きているのかわからないうちに車から引きおろされた。ダニエルの叫び声が聞こえた。アリーシャははっと気づくと強い腕に抱きかかえられていた。

「いったい――」彼女は最後まで言えなかった。

マリオは路肩を走りぬけ、道路というよりけもの道のような脇道《わき》へ出ると、そこにとめてあった車にアリーシャを押しこみ、ドアをロックし、走って運転席にまわった。

「なにをするつもり?」

マリオはギアをリバースに入れると本道へバックで戻り、城を背に走りだした。

「シェリー、おまえがどういうゲームをする気なのか知らないが、ちょっと飽きてきたんだよ。金の心配なんかもう忘れろ。おまえの腹には今おれの子供がいるんだ。おれにはそのほうが世界中の金よりも大切だ。ふたりでなんとか切りぬけられるさ」彼はぎらりとした目で彼女を見てから、視線を道路に戻した。「もうこんなことやってられない。おまえをパースの病院に残したあと、警察に捕まっちまうからおれはすぐに戻れなかった。やっと忍びこんだときにはもうおまえはいなかった。何カ月も連絡をつけようとしてたんだぜ。どこにいるのかわからなかったし。ところがようやく会えたと思ったらゴミみたいに無視された。だがおれを忘れようとしてもちょっと手遅れだよ。おまえだってわかってるはずだ」

マリオはすごいスピードで車を走らせていた。それに彼の興奮した口調が怖かった。どうすればいいのかわからないけれど、とにかく車がぶつかる前に彼を落ちつかせなくては。

「どこへ行くの？」

「いい場所を見つけたんだ。おまえは行ったことがないところだが、気に入るはずだ。ラウールのやつはしばらく捜しまわることになるだろう。やつがあきらめれば、おれたちはフランスを出られる。アメリカに戻ってもいいし、どこでもおまえの好きなところへ行こう」彼はまたさっと彼女に目を向けた。「赤ん坊はいつ生まれるんだ？」

「あと三週間くらいしたら」アリーシャは反射的に答えた。「でもマリオ、わたしこんなふうにあなたと逃げることはできないの」考えなくてはいけない。興奮してもなんにもならない、赤ちゃんにも影響するかも。わたしが誰か知ったら、彼はわたしに危害を加えようとするだろうか？

「金と名声のためにあいつのところにいようと思ってるのはわかってるさ」

落ちついて、アリーシャ。彼女は自分に言いつづけた。逃げるにはからだが重すぎる。

ダニエルがラウールに知らせれば、彼が見つけだしてくれるわ。

「お願いだからスピードを落として。怖いわ」彼女は肘かけをつかんでようやく言った。

マリオは笑った。「冗談だろ？　おまえはスピード狂だったじゃないか」

彼女は必死で落ちついた声を出そうとした。「今は赤ちゃんに悪いようなことはしたくないのよ」

「そうか、おまえの言うとおりかもしれない」

マリオはアクセルから足をはなした。アリーシャはためていた息を吐きだした。

「うーん、いまだに信じられないな。おれがパパか」彼はうれしそうに笑った。「先週おまえを見たときは飛びあがるくらい驚いたぜ！　ずっとおまえは言ってたからな、もう妊娠したくないからピルを飲んでるって」それから彼女のほうに目を向けた。「おまえがいないとほんとにつらかった。あんなけんかをしなければ、おまえがあのフランス野郎と結婚することもなかったろうに」

「知りあってもう長いわよね」彼女はおそるおそる言ってみた。

「そうさ、ずいぶん長くなるな」

マリオはまた笑った。アリーシャはその間も道しるべになるものを探していた。彼をずっとしゃべらせておければ、わたしがシェリーだと思わせておければ、どこかで電話するチャンスがあるかもしれない。

それから一時間、彼女はいろいろと質問をした。マリオはふたりの過去を懐かしんでいた。彼がいろいろな場所や出来事を持ちだすと、彼女は曖昧《あいまい》に受けながした。

山あいの小さなコテージに着いたときには、アリーシャはひとりで歩けるかどうか自信がなかった。この数時間がかなりこたえていた。背中の痛みがひどくなってきている。

しかしマリオも彼女をしきりに気づかい、部屋に連れていって、休むように勧めた。どこにも電話がなさそうなのを見て、彼女は暗い気分になった。どうやってラウールに知らせよう？　からだがふるえていた。怖かった。背中の痛みもまるで消えない。神経が高ぶっているせいだ。彼女は落ちつこうと思った。赤ちゃんのことを考えなくては。

すぐに危険な目にあうことはなさそうだ。マリオがわたしをシェリーと思っている間はまず大丈夫。助けを呼ぶ方法を考えつくまでは、マリオの気をそらしていなくては。

とにかくからだを伸ばして背中の痛みを和らげることはできた。アリーシャは靴を脱いで横になると、キルトをからだにかけた。柔らかなマットレスがとても優しく感じられた。横向きになり、赤ちゃんを守るようにおなかに片手を乗せて目を閉じた。

どのくらいたったのか、アリーシャはキスで目を覚ました。彼女はにっこりほほ笑んでからだを動かした、きっとラウールが――。

目を開けるとマリオの笑顔があった。

「眠り姫、このまま夜も眠ってるつもりかい？　食事を作ったんだ。体力をつけておかないとな」

また悪夢に戻ってしまった。わたしはマリオと一緒にいたんだわ。ラウールはわたしがどこにいるか知らない。

アリーシャはどうにか起きあがり、ベッドの端に座った。「わたし、あの、ちょっと――」彼女は困った顔で部屋を見まわした。

「ああ、わかった」彼はうなずいた。「バスルームはすぐそこだ」

ありがたいわ、少しの間だけでもひとりきりになれる。勇気を出さなきゃ。もう何時間もたっている。ダニエルはすぐラウールに伝えたはず。彼はもうわたしを捜しはじめてるわ。

それ以上引きのばせなくなると、アリーシャはマリオのいるキッチンへ出ていった。彼は色鮮やかな陶器を並べ、簡単な料理を用意していた。

「なあ、前と比べるとほんとに元気そうだな」彼は首をふった。「ほんとにあのときは怖かったぜ。病院で目が覚めたときおれがいなかったらすごく怒るだろうってわかってたんだが」アリーシャの手をとる。「あんなふうにおまえを見捨ててすまなかった。約束するよ、もう二度とおまえから離れない」彼は彼女の手を軽くたたき、目を輝かせながらほほ笑んだ。「子供が生まれたらのんびり暮らそう。おれたちすごくいい両親になるかもしれないぜ」

アリーシャはどう答えたらいいのかわからなかった。またわたしはシェリー・デュボアの役を演じている。悪い夢の中にいるみたい。また次の悪夢の中にいる。この悪夢から目が覚めず、二度と現実に戻れなくなったらどうなるの？　ずっとほかの女性の人生を演じなければならなくなったら？

「どうしたんだ？　大丈夫か？」

アリーシャは自分の前にいる見知らぬ男を見つめ、彼の顔に心配そうな表情が浮かんでいるのに気づいた。「あんまり」彼女は小さな声で言った。「背中が痛いのよ。どうしても気分がよくならないの」

「そうか。ここの椅子は座り心地がよくないからな。別の部屋に移って暖炉の前に座ろうか」

彼女はうなずいた。マリオは片手を彼女のウエストにまわした。

「顔が赤いよ」マリオはアリーシャを暖炉の前の小さなソファに座らせながら言った。「ここじゃ暑いかな？」

彼女は背に頭をもたせかけて目を閉じた。「いいえ。ただ調子が悪いだけ」

「すまなかったね。おまえひとりでラウールのやつに立ちむかわせて。でもこれからは違う。なんでもおまえの望むようにするよ。赤ん坊の面倒も見る。おれ——」

「マリオ、わたし——」

「おれと離れてからなにがあったのか教えてくれ。ききたいことが山ほどあるんだ、いつ意識が戻ったのか、どうやってフランスに帰ってきたのか、あの教師にどう話したのか、飲ませた薬はうまく効いたのか、ラウールはなにか気づいたのか」

「あ、あの教師は、家に帰ったわ」

「ああ、それは知ってる。彼女はおれに会ったことを覚えてたか？」

これは答えやすい。「なにも覚えてないと思うわ」

「よかった、じゃあ薬はうまく効いたんだな。あれを売ったやつはなにも心配いらないと言ってたからな」

マリオが彼女の髪をなでた。アリーシャはその手をふりはらいたくなるのを懸命にこらえた。もし今――。

「感動的なシーンだな」

ドアのほうから声がした。その声がこれほどすてきに聞こえたことはなかった。

ラウールが部屋に入ってくると、アリーシャはほっとして声を出しそうになった。彼はソファの横で足をとめた。

「おまえがひどい目にあわせてるのはぼくの妻なんだ、ピリーニ」

マリオは立ちあがって、呆然《ぼうぜん》とラウールを見つめている。「どうしてここがわかった？」

「妻がおまえに会ったと聞いて、ぼくはすぐにおまえがこのあたりにいると警察に届けたんだ」

マリオはぱっとふりむいてアリーシャをにらみつけた。「おまえが言ったのか？　おれがいるって、ほんとうにおまえが言ったのか？」彼は信じられないというようにくりかえした。

ラウールが続ける。「ありがたいことに、ぼくの妹はあわてなかった。おまえが車で逃げるまで追いかけて、ナンバープレートを暗記して、車の色や形を警察に教えたんだ」それからラウールはアリーシャのそばに腰かけ、彼女の手をとった。「心配したよ」探るように彼女の顔を見つめて眉をひそめた。「大丈夫かい？」

ほっとするあまり、アリーシャは両手で彼にすがりついて泣きだした。

「もちろん平気さ。シェリーはおれと一緒にいたんだ。一緒にいるべき相手と」マリオはつかつかとソファに戻っていった。「もうそろそろ、ちょっとうれしくないことを聞かせてやってもいいころだな、デュボア。ばれたらきっと離婚だってシェリーはいつも言ってた。だがそれこそおれの望むことだ」彼はアリーシャを指した。「腹の中にいるのが自分の子供だと信じるほどおまえもばかじゃないだろう。シェリーはもうおまえの子供なんか産まないさ。おまえと同じ家に住むのだっていやがってたのに」

ラウールはアリーシャのそばを離れなかった。彼はふたりの前に立ちはだかるマリオを見あげ、静かに言った。「彼女はいつでも出ていけたはずだ。ぼくは無理やり引きとめたことはない」

「おまえはな」マリオは嘲笑《ちょうしょう》を浮かべた。「だがおまえの金が引きとめたのさ。シェリーは家庭を欲しがってた。だがそれが手に入ると、どんなに退屈な生活かってことがわかった。人生をもっと刺激的にするために、彼女にはおれが必要だったのさ。ようやくまた一緒になれたんだ、おれはもう彼女をあきらめるつもりはない。おれたちの子供が生まれるんだ。一緒に人生を築いていくんだ。彼女がほんとうに愛しているのはおれなのさ」

ラウールはアリーシャと目を合わせた。彼の目にはマリオに対する同情と理解が表れていた。この男がどんなことをやったにしても、ずっとシェリーのために生きてきたことが、彼にはよくわかった。

ラウールはマリオに向かって椅子を示した。「座れよ、ピリーニ。悪いニュースがある」

彼は警戒するようにふたりの前へ腰をおろし、ラウールが片手をアリーシャにかけるのを見て怖い顔をした。「なんだい？　どんなニュースだよ？」

「去年の夏、シェリーの替え玉に誰かを見つけようとしたのは誰のアイディアだ？」

マリオは眉をひそめてアリーシャを見ると、またラウールに視線を戻した。「知ってたのか？」

「質問に答えてくれ」

マリオはふたたびアリーシャを見ると肩をすくめた。「おれたちふたりで考えたのさ、なあ？」

「アリーシャ・コンラッドはどうやって見つけた？」

「誰だって？　ああ、あの先生のことか」彼はまた肩をすくめた。「ラッキーだったんだよな。そもそもそれで考えついたんだから。なあシェリー？」

アリーシャは彼の目を避け、ずっと自分の手を見おろしていた。彼女が答えないのでマリオは続けた。

「去年の春ダラスの友達のところへ行った。そこの娘が写真を見せてくれたとき、その中に写ってた先生に気がついたのさ。髪の色を除けば、シェリーに生き写しだった。友達に見せたいから一枚貸してくれって頼んで、それからその女の名前を調べた」彼は耳をかきながら言った。「もちろんおまえほど美人じゃないさ。でも、髪を染めておまえの服を着せたらかなりの線いってた」

「それは誘拐だぞ、ピリーニ」ラウールが低い声で言った。

マリオは背をすっくと伸ばした。「おれを警察に突きだすつもりか？　彼女もおれと同罪だぞ。それにそんなことしてなんになるんだ！　誰も傷ついちゃいない。先生は家に戻って、楽しく授業をしてるよ。おまえはあれほど望んでた離婚をして、おれとシェリーは一緒になる。すべて丸くおさまるんだ、警察がなにも知らなければ」

ラウールは立ちあがり、マリオに手をかけないようにとでもいうようにポケットに両手を突っこんだ。「残念ながらそんなに簡単なことじゃないんだ、ピリーニ。きみとシェリーはすごくうまくやったよ。ぼくはきみたちの計画どおり、アリーシャをシェリーと思いこんだ。きみとシェリーがクルージングに出ている間、ぼくはアリーシャと一緒に過ごし、そしてアリーシャを愛してしまった」

マリオはむっとしたような顔をした。「どうしてそんなことまで話すんだ？　それじゃ喜んでシェリーを手ばなすんだろうな。おまえはなにを待ってるんだ。シェリーがおれの子供を産んだら彼女を追いだして、ほかの女に鞍替《くら》えするっていうのか？」

「いいか、ピリーニ。シェリーは去年の夏の麻薬のやりすぎでついに助からなかった。去年の一一月に死んだんだ」

マリオは彼を見つめ、うつろな目をアリーシャのほうに向けると、またラウールを見た。「どういうことだ……趣味の悪いジョークか？」

「ジョークなんかじゃない」

マリオはもう一度アリーシャを見つめた。「なあシェリー、この男に言ってやれよ。ほんとうのことを話してやれ」

「彼の言ってることはほんとうよ、ミスター・ピリーニ」アリーシャは静かな声で言った。「わたしはシェリーじゃないわ。アリーシャよ、ダラスの学校で教師をしていたわ。病院で意識を取りもどしたとき、わたしは自分が誰なのか覚えていなかった。ラウールやお医者さまたちにわたしは彼の妻だって言われて、彼の家に戻って何週間か一緒に過ごしたわ」そっとおなかに手をやる。「そのときに妊娠したの」

マリオは飛びあがった。「そんなはずはない！」

アリーシャは彼の目を見つめた。「シェリーが亡くなって二カ月ほどたってから、彼がダラスに来てくれたわ。わたしが妊娠してるのを知ると、彼は結婚しようって言った。そしてこの前フランスに来て、パリで一緒に過ごしたの」

マリオの顔から血の気が引いていった。「シェリーはほんとうに死んだのか？」彼はつぶやいた。「まさか。そんなはずがない。彼女が死ぬわけがない。おれを置いていくはずが……」それ以上立っていられないように椅子に沈みこんだ。

目の隅でなにかが動くのをとらえてアリーシャはふりむいた。男がふたり戸口に立っていた。片方は警官の制服を着ている。

ラウールはアリーシャを見て言った。「帰ろうか」

彼女がうなずくと、彼は彼女をソファから立たせ、ふたりの男の前を通りぬけた。ちらっとマリオのほうに目をやると、彼は背中を丸めて両手で顔をおおっていた。

車に乗ると、ラウールが言った。「ほんとうに大丈夫かい？　ぼくは心配で気が狂いそうだったよ」

「彼がわたしになにかするはずがないでしょう。わたしをシェリーだと思っていたんだもの」

「あいつがきみを車から引きずりだしたと聞いたから、きみに手荒なことをしないかと心配だった」

「怖くなかったとは言えないわ。でもほんとうに、彼はすごく優しかったの」アリーシャはため息をついた。「終わってよかった……完全に終わったわ。疑問のすべてに答えが出た。シェリーはかわいそうね。どんなに自分が恵まれているか、どれだけのものを持っているか、気づかなかったんだもの」

「幸せがどういうものかってことは、ひとりひとり考え方が違うんだ。彼女の考えもきみとは違っていたんだよ」

「それは確かね。記憶がなくても、去年の夏はわたしにとって最高の生活に思えた。ずっと求めていた人生だったんだもの……結局、それは自分の人生じゃないってわかったんだけれど」

ラウールが手を伸ばして彼女の手をとった。「今はきみの人生だ」

「でもちょっとした問題があるの」

「なんだい？」

「この子、家族の一員になるのをこれ以上待てないみたい」

ラウールは薄暗い車の中で彼女を見つめた。「アリーシャ！　陣痛が来たのか？　いつからだ？　もう病院に行かないとだめか？」

彼女は目を閉じると、ため息をついて言った。「初産は時間がかかるっていうけど、この子はちょっと急いでるみたい」

「簡単にイエスと言えばすむのに」彼はつぶやくと、首をふりながらアクセルを踏んだ。

「なにも言わないなんて信じられないよ。いつごろから――」

「ほんとうに大丈夫よ、ラウール。心配するのはやめて。時間は十分あるわ」

彼は彼女の頬をそっとなでると、すぐその手をハンドルに戻した。「それは確かだ。ぼくたちはこれからずっと一緒なんだから」

エピローグ

彼女は懸命に浮かびあがろうとしていた。しなければいけないことがある。ようやく心の安らぎを見つけた穏やかな場所を離れるのはいやだけれど、もう戻らなければ――戻って、自分を待ちうけているものを受けとめなくては。

彼女は目を開けた。部屋は金色の光に満たされていた。大きな窓から注ぎこむ太陽の光のまぶしさに目を細め、明るさに目が慣れるのを待つ。きちんと見えるようになると、部屋の中にいるのが自分だけではないのがわかった。

ラウールがベッドのそばに立って彼女の手を両手で握っていた。彼は疲れて見えたが、とても満足そうだった。彼女が眠い目で部屋を見まわすと、ダニエルとフェリシティとジャニーヌの顔があった。

「ジャニーヌ」アリーシャは細い声で言った。「こんなところでなにしてるの?」

「あなたのご家族とお近づきになって、あなたのハンサムな息子をうらやましく思ってるところよ」

アリーシャはほほ笑んだ。「ほんとにすてきでしょ？　パパそっくりだわ」彼女はラウールの手をぎゅっと握った。「よかったわ」

「きみをとても誇らしく思うよ」彼はかすれ声で言った。

「ついていてくれてありがとう」

「ぼくたちの子供の誕生をなにひとつ見逃したくなかったからね」

彼女はほかのみんなを見てほほ笑んだ。「わたしは残念だわ。あんまりたいへんで、最後にはとうとう、痛みを和らげるものをくださいって頼んじゃったから」

ラウールはにやっと笑った。「きみが酔っぱらったらどうなるか、想像がついたよ。すごく明るくなるんだな」

彼女は目を丸くした。「まあ、嘘《うそ》よ！」

彼は楽しそうに目をきらめかせてうなずいた。「いやいや。きみはしばらく歌を歌ってくれたんだよ。フランス語と英語でね」

「まあ恥ずかしい！　もう顔を合わせられないわ」

「ばかだな。みんな楽しんでたよ。でも別に驚きはしなかった。薬に対する反応は人によって違うからね。今度の薬は穏やかなものだったからよかったけど。きみは薬の影響を受けやすいと医者に話しておいたんだ。去年の夏のことを考えると、意識が戻ってよかったとほんとうに思うよ」

ダニエルがかがみこんで言った。「警察から今朝電話があったの。マリオがすべて話して、警察に協力的だって。だからもうあなたやラウールをわずらわせることはないわ」

アリーシャはラウールを見た。ラウールはしっかりと彼女の手を握ったまま、彼女の視線に応《こた》えた。

フェリシティが口を開いた。「イベットとジュールは弟ができて大喜びですよ。赤ちゃんが家に来たら、いろいろ教えてあげたいって」

アリーシャは子供たちのことを思ってほほ笑んだ。「早く家に帰ってあの子たちに会いたいわ。もう寂しくなってきちゃった」

「今は休まないと」ラウールが言う。「この数日は、ずいぶん刺激が強かったからね」

女性たちはアリーシャの頬にキスをして出ていき、ラウールだけが残った。彼は彼女の髪をなでつけてやった。

「きみが眠っているのを見ながら、初めてきみに会ったときのことを考えていたんだ。ちょうどこんなふうに、病院で寝ていた。すごく顔色が悪くて、頭には包帯を巻いていて。ぼくはきみを知っているつもりだった。そしてきみが目を開けて、それからぼくの人生はすっかり変わった。きみはぼくの考えをひっくりかえして、いつもぼくを混乱させ、不安にさせた。きみはぼくの偏見や、型にはまった意見に気づかせてくれた。ぼくの人生やぼく自身を最初から考えなおす機会をくれたんだ」

「そんなつもりはなかったわ。わたしはただ、自分が誰なのか見つけだそうとしてたの」

「でもきみはぼくが自分を見つける手助けもしてくれたんだよ。ありがとう。ぼくは毎日神に感謝している、きみをぼくのところに遣わしてくれたことをね」ラウールは顔を寄せて彼女にそっとキスをした。

彼が離れようとすると、アリーシャはぎゅっと彼の手を握った。そして彼の目を見つめながら言った。「赤ちゃんの名前を考えたの」

「ああ。まだ名前のことはなにも話しあっていなかったね。それで？　どんな名前を考えたんだい？」

「マイケル・ルネ。あなたの名前をつけたいの。ルネがあなたのミドル・ネームだってママンがおっしゃってたわ。マイケルはわたしの父の名前なの。男の子が生まれたら父の名前をつけたいってずっと思ってたのよ、父には息子がいなかったから」

ラウールはもう一度彼女にキスをした。「きみが望むなら、ぼくはなんでもいいよ」

アリーシャは彼を見あげた。「あなた、これからずっとそんなに優しくてものわかりのいいだんなさまでいるつもり？」

「そうでなかったら、きみがすぐに教鞭《きょうべん》でお仕置きするだろう」

アリーシャはあくびをすると、眠たそうな顔のまま笑った。「あなたは今のままで完璧《かんぺき》よ。だってわたし、夫を選ぶ目はすごくいいんだもの」